水崎野里子詩集

Mizusaki Noriko

新・日本現代詩文庫
138

土曜美術社出版販売

新・日本現代詩文庫　138　水崎野里子詩集　目次

詩篇

詩篇

詩集『鳥』（一九九四年）抄

鳥

女がいた
女は若かった
鳥という言葉が好きだった。
はばたく翼
大空へ舞い上がる力
町から町へとよぎる時
女は鳥に憧れた　鳥になりたいと願った
だが或る日突然荒野をゆくその女に鳥が襲って来た
女は夢中で鳥と戦った
空から落下する鳥の爪
女は鳥の嘴《くちばし》や羽根で傷ついた
その女を残して
鳥はゆうゆうと逃げ去った
あれは何という鳥なのか

何年か過ぎ
女はある男と出会った
男も又旅人だった
二人は旅をやめ　ある町に住み着いた
女は鳥を忘れた
傷は癒え　女は美しい服を着た
年月は過ぎた　鳥は来なかった
子供が生まれた
ある時は子供の病に悲しみ
ある時は子供と共に喜んだ
女は食事を作り　服を洗いスーパーへ出かけた
女の料理は男と子供を喜ばせた

女は子供の笑顔ですべてを忘れた
その女に突然ある時再び鳥がやって来た
女は再び鳥と戦った
羽根をはばたかせ鳥は空から舞い下りる
女は鳥の足を摑んだ
だが鳥は強かった
嘴や爪で女の手を傷つけた
羽根で女の顔をたたいた
女の服はボロボロになった
銃があったら女は勝つだろう　だが女には銃は無い
素手で戦う他は無い
女は疲れ果て　地に伏した
鳥は大空に飛翔した
女は目で鳥の行方を追う
あの鳥は昔戦った鳥と同じなのだろうか
それとも違う鳥なのだろうか
女にはわからない
鳥は雲の彼方に消えた

あの鳥はまたやって来るだろう
それはいつか女は知らない
女は鳥が去った方向をみつめる
女は大地に立ちつくす

樹

或る所に山があった
その山の頂上に樹が立っていた。
樹は大空を突き
葉は広々とひろがっていた
鳥が憩いリスは枝の上で遊んだ

雨の日は滴が玉の様にきらめき落ちた
風が吹くと一斉に葉がひらめいた
春には樹は緑の葉をつけた
夏にはその緑は濃くなった
秋には葉は褐色になった
冬には枝に雪が積もった
人間達の背丈を軽く越え
樹は人間達を見下ろし
雄々しく立っていた

山のふもとに街があった
私はその街に住んでいた。
街からはその樹がすぐ近くに見えた
私は毎日その樹を眺めていた。
或る日私は山に登り
樹の下にいってみようと思い立った
次の日私は出発した

だが何故か樹は遠かった
歩けば歩く程樹は遠ざかり
とうとう道はなくなった。
私は岩の急な斜面を登った
群れて咲くいばらの棘《とげ》に手足を刺された
息は切れ私は疲れ果てた　血も出て来た
見上げると樹は霧の中に消えた。
次の日別の道を辿《たど》ってみた
だが結果は同じだった
街からはすぐそこに樹が見えるのに
この遠さは何だろう?

やがて私は或る男と結婚した
二人は仲良く暮らしていた。
だがある日突然私は思った
そうだ二人であの樹の下に行こう
二人で行けばたやすいだろう

いいよ一緒に行ってやろう　男は言った
次の日二人で出発した　食糧と水を持ち
だが同じだった　歩けば歩く程
樹は遠ざかった　私は絶望した

やがて子供が生まれた
子供は毎日樹を見て育った
或る日子供は言った
おかあさんあの樹に登りたい
あの樹は遠いのよあそこへ行くには大変なのよ
私は言った
じゃ僕大きくなったら登るんだ
子供は言った
大きくなったらね、おかあさんの代わりに登って
　ちょうだい

何年か経った
或る日ふと外を見ると窓の外に
樹が立っていた
樹は雄々しく聳《そび》え
彼方に青い空が見えた
不思議だ　こんなことあるのかしら
この樹はあの山の頂上の樹と同じなのかしら。
この樹なら僕登れるよ　子供は言った

壁

或る処に青い国と黄色い国があった。
青い国の人々は青い服を着ていた
黄色い国の人々は黄色い服を着ていた
青い服の人々は言った
俺達は黄色い服を着た奴が嫌いだ
そして国境に壁を建てた。

高い高い天まで届く壁を
一流の建築士を雇い
国中の労働者を雇い
高価な漆喰や石を使った
壁を青く塗った。
黄色い国の人々は言った　おやまあ高い壁
なんで壁なんか作るの
私達はあなた達が好きで友達になりたいのに
壁をこわしてちょうだい
私達は自由が欲しい
あなたの国の青い湖に行きたい
あなたの国に行きたい
あなたの国は金持で食糧も豊かだ
何人もの人々が壁を越えようとした
高く高く登って行った
だがもう少しという処で皆青い国の人々に射殺さ
　れた。

壁は血で染まった
殺された人々の家族は壁の前で泣いた
二十年五十年一世紀
壁は建っていた。

ところが或る時突然雷に打たれて壁は崩れた。
黄色い国の人々は叫んだ「自由だ！」
皆は崩れた壁の前で踊り狂った
又一世紀経った
人々はかつて壁があったことを忘れた。

だが或る日突然今度は黄色い国の人々が壁を作り
　始めた
私達は壁を作りたい
雲を突く壁を作るんだ
彼らは言った。
壁を黄色く塗った。

私は黒い町に住んでいた。
或る時私は家の周囲に壁を作り始めた
高い高い壁を
十年かかった。壁を黒く塗った
その壁の中
私は私の家族と一緒に閉じこもった。

祭り

今日は祭りだ　祭りの日
櫓が建った
太鼓が響く
人々が集まる
浴衣を着た人々
子供を連れた人々

電気アメの店
焼きトウモロコシの店
ちょうちんに電気がともる
音頭が鳴る。
皆で踊ろう東京音頭
わたしも踊る
皆の輪の中　一年に一度の踊り
高鳴る心　高鳴る体
皆で集まろう
おでんを食べよう　ビールを飲もう
過ぎ去りし日々に乾杯
若かりし日々に乾杯
希望と絶望とが共にあった
青春の日々よ
記憶はビールの泡と共に消える　その時
踊りの輪に背を向けて走り去る一つの影
あれは昔の私の姿

今日は祭りだ　祭りの日
櫓が建った
人々が集まった
火を燃やせ
太鼓を鳴らせ
ここは黒い村。

集まったのは若い衆
酒を持って来い　肴を持って来い
あ、一人黄色い村の奴がいる。
いてはならない奴がいる。
やっちまえ！　皆でやっちまえ！
黄色い奴をやっちまえ！
火が燃える
太鼓が鳴り響く
黄色い奴をやっちまえ！

星の店

私はしあわせを売る女
しあわせが欲しかったら
私の店にいらっしゃい
セルロイド製の髪かざり
小さな帽子
花模様のエプロン
ビーズの小さな首飾り
金色のおさいふ
赤い櫛
髪を束ねる桃色のゴム
ここへ来ればしあわせがある。
こちらへ行けば井の頭公園
あちらへいけば一回十円の井の頭温泉

星の店がある

わたしは思い出を売る女
楽しい思い出をあなたにあげる
つらい人生に不平を言う人
わたしの処にいらっしゃい
あなたの小さな時の思い出を
わたしはあなたに話してあげる
ここは星の店
水道道路に面した小さな店
売子のわたしは
女優の卵

こんなお店があなたの記憶の中にもないですか?
小さな頃の記憶の中に
そして今でもこんな店はある
あなたの街の街角に
道路を渡るとほら

詩集『雑踏の中で』（一九九七年）抄

アムステルダムへ

アムステルダムが私を待っている
まだ見ぬ土地　まだ見ぬ国
初めて見るヨーロッパ
アムステルダムへ私は一人飛ぶ
午前十一時十五分発　オランダ航空１０３便
成田第二空港。
飛行機が滑走路を走る
出発の時
飛行機が地を離れ空へ舞い上がる一瞬
私は飛ぶ　鳥と共に飛ぶ
私は鳥と空を飛ぶシンドバッド
飛行機は大きな鳥

シベリアの上を飛ぶ
高度一万メートル
外は零下五〇度
墜落すれば死
太古から人間は鳥になりたいと願った
願って空を飛び墜落した
その夢を人類は飛行機によって実現した
人類の夢
今私は天駆ける大きな鳥
私は飛ぶ
世界の上を飛ぶ
太陽の上を飛ぶ
嵐も雲も太陽も私を追う　西へ

アムステルダムへ
あなたの待つ　アムステルダムへ

ブランコ

ブランコに乗ると
時は過ぎる。
雨の交差点を過ぎ
霧の湖を過ぎ
猫のいる歩道を過ぎ
ロンドンの街角を過ぎる。
ふと下を見おろすと
人々が皆上を見上げている。

「いい年をしてブランコに乗るなんておかしい」
そう母は言う。
近所の子どもが学校へ行っている午後
私は一人公園のブランコに乗る。

力を込め私は空へと漕ぐ。
空から地へ　地から空へ
「ちゃんと足を伸ばすんだ」
初めて私がブランコに乗った時
父は私にそう言った。
私は一杯足を伸ばした　空へ
それは大人が偉くて世界が無限に見えた
私の遠い子供の頃。
大人になった私は今再びブランコに乗る。
ブランコに乗ると心は軽くなる。
雑事を忘れなにもかも忘れ　軽い心で
私はブランコを漕ぐ。
空から地へ　地から空へ
私は足を一杯に伸ばす。空へ

私は空へ飛んで行く。
空が私を迎える

下では子供達が皆見上げている。
その中に私にそっくりな目がある
あれは小さい時の私
私は子供の頃の私の目と出会う。

ひまわり

ここに一枚の写真がある
息子がまだ小さかった頃
ひまわりに向かって手を差し伸ばしている写真
保育園の庭
遠い夏

ひまわり
地球と共に回る気象衛星
遠い昔　農家の庭先で咲いていた花
ブランコに乗る少女の胸に
鮮やかに描かれていた模様
それは回る地球
それは輝く太陽　そして
それは
八月
幾万の人を殺した
熱い閃光
二十個もの太陽の灼熱
地球は黒い
神も黒い
人間も黒い

息子はひまわりに手を伸ばす

雑踏の中で

午後五時
駅は仕事帰りの人々が多数行き来する
その雑踏の中聞き慣れた声を聞く
「おかあさん」
振り向くと息子がいる
ふと過去の記憶が蘇る　十二年前
川崎病と向かい合った一か月
息子と共に病院に籠もった日々

川崎病
まだ原因がわからない小児病
高熱が続き心臓に後遺症を残す病
一万人に一人の割合で死をもたらす

あの時
息子の全身に斑点が出来
高熱が続いた
病院に入った時
息子は脱水症状を起こし点滴を打った。
世界は悪意に満ちている。
負けるな大ちゃん
負けるな大ちゃん
世界の悪意と闘った
逃げるところはない
どこにもない
ただ向き合うしかなかった日々の列。

雑踏の中で
息子と出会う
人々が過ぎる
息子は去る　塾へ

母に背を向け
世界の中へ飛び出して行く

儀式

一月《ひとつき》に一度夫の髪を切る
結婚以来ずっと続けて来た
おごそかな儀式

今日は長男が生まれて二週間
今日は長男が風邪をひいた
今日は空に飛行機雲があった
今日は洗濯物がよく乾いた
来週はアメリカへ旅立つ日
今日は長男が保育園に入った
今日は次男が生まれて一か月

二週間前次男が病院から退院した
今日は次男の友達が来た
今日は次男のピアノのお稽古の日
今日はスーパーで買物をした
今日は夕食にさんまを食べた
今日は次男が病院で心電図を撮った
今日は浅草で買った招き猫を磨いた

今日は春
今日は夏
今日は秋
今日は冬
もう二十年近くなる　おごそかな儀式

脇でテレビがコマーシャルを流している
切れるはさみを用意する
今夜も夫の髪を切る

いつのまにか夫の髪に白髪が増えた
「あら白髪があるわ」
はさみで夫の白髪を
切る

十二歳の兵士
――１９９５年度版「タイム」の写真より

僕は十二歳
十二歳の兵士
僕の国は小さな国
僕の国は独立を望む
でも大国が戦車を送って来た
僕の町を人々を破壊し尽くした
僕の町は戦場になった。
僕は銃を持つ

銃で戦う
最後の男の子がいなくなるまで
自由のために
独立のために
僕は戦う
僕は十二歳の兵士

詩集『イルカに乗った少年』（二〇〇一年）抄

広場

男が一人やって来た
ここは広場
男は雑踏の中で立ち止まり
ベンチに坐る
そして横になり眠る
眠ったまままいつまでも起きない
人々は男のことなど気に留めず
忙しく行き交う
誰も知らない　男がどこから来たのか
男には家族があるのか
男は誰かを愛したことがあるのかを
男は死んだように眠りこける

私は日本から遠く離れてやって来た
ここは広場
この道を行けばベルギー
この道を行けばオランダの国境
六月の昼
人々は歩き行く　だが立ち止まる人は誰もいない
私は一人坐って眺める　教会の入り口の階段に

やがて市が立つだろう
花の市　魚の市
たくさんの人々がやって来るだろう
カーニヴァルが始まるだろう
人々は仮装し音楽が高鳴るだろう
人々のざわめき　飛び跳ねる子供達
でも今は広場は私の前に静かに拡がるばかり
六月の光が石畳に反射する

私は今日も広場にやって来た
人々のざわめきを求めて
だが私は坐る　広場の端に
ひとりぼっちの孤独の中に
ここはドイツの国境近くの小さな町

追いかける

追いかける
逃げて行くウサギを

追いかける
夏の道路にゆらめく蜃気楼を

追いかける

私を残して発車したバスを

追いかける
逃げて行く泥棒を

追いかける
逃げて行く恋人を

追いかける
逃げて行く町を

追いかける
追いかける顔が修羅の顔になる

追いかける
過去のつらい思い出を

追いかける
未来の夢を
追いかける
希望を

追いかける
絶望を

追いかける
あなたを
バッグを捨て上着を捨て全力で追いかける
追いかけるその顔が
狂女の顔になる

神の道化師

私は道化師　神の道化師
ピエロの服を着て　とんがり帽子
涙は厚い化粧に隠す
サーカスの小屋の中
丸い大きなボールに乗ったり
風船を飛ばしたり
皆様どうぞお笑い下さい
私はドジばかりやっている
床の上で滑ったり　仲間のピエロに殴られたり
サーカスがはねた後
私はテントの蔭で泣く

私は道化師　神の道化師

神様どうぞお笑い下さい
私は神のもとでドジばかりやっている
私の人生はお笑い話
ひっくり返ったり
滑ったり
涙を厚い化粧に隠す　すると
ある時神様がおっしゃった
「お前面白い奴だなあ　いいよいいよ
俺はお前を許してやるから
俺のもとで好きなだけ泣け」

イルカに乗った少年

あるところに男と女が住んでいた
ある海辺
男は漁をし女は野菜を作った
時々嵐が来た
嵐は彼らの小さな小屋を壊して過ぎた
そのたびごと　男は小屋を建て直した
冬には野菜は育たなかった
女は海に海草を採りに出かけた
ここは北の海辺
降る雨は氷のように冷たい
町から遠く離れる
二人を訪ねて来る人はめったにいない
沈黙の中で二人は愛し合う
時々海の彼方を大きな船が通った
でも彼らは気にしなかった
船がどこへ行こうと

ある日
嵐が二人の家と畑を破壊して過ぎた日の翌日
一人の少年がやって来た

イルカに乗って
少年はやって来た　海の彼方から
彼の皮膚は褐色に輝いていた
少年は暮らした　男と女と
少年が来た後
不思議なことに嵐は来なかった
畑はいつも緑だった
太陽はいつも輝いていた
何年もの年月が過ぎた
ある日町の人が尋ねてみると
男と女と少年はいなかった
小屋はもぬけの殻

人々は言った
男と女と少年は去ったのだと
イルカに乗って
海の彼方
輝く太陽の国へと

ガラスの坂

ある街にガラスの坂があった
ある日突然出現した
誰が作ったのか　何のために作ったのか
でもその坂を越えなければ
広場へ行けない
人々はガラスの坂を越えようとした
子供も大人も
滑って上れない
登り切ろうとすると下に滑った
人々はいぶかった
何でこんなところにこんな坂があるのか
取り壊そうとした

ガラスは頑丈で壊れない
人々の憎しみを無視し
ガラスの坂は超然と日に輝いた
ダイアモンドのように

私は街のはずれに住んでいた
よし私が越えてみせるわ
ある日私は出立した
ガラスの坂を越えよう
ダイアモンドのように光るその坂を
よいしょ　よいしょ
リュックが重い　リュックを投げ捨てる
首に巻いたスカーフが邪魔だ
スカーフを捨てる
あらでもやはり駄目
やっぱり滑って上れない
登り切ろうとすると下に滑り落ちる

誰かの笑い声が聞こえる
気のせいかしら

いつのまにか十年経った
でも私はまだ登ったり滑ったりしている
ガラスの坂を
笑わないで下さい
私は大真面目

深い河
――ゴスペル・フォークのために

私の前に河がある
深くて　黒い河
叫んでいる　ライオンのように
渡りたい　むこう岸へ

青い空と緑の野原
泉は湧き　花が咲く
河があって渡れない
深くて　とても黒い河
叫んでいる　ライオンのように
舟は壊れた
橋はない
泳げない
吠える河　ライオンの河

ここは嵐
雨と風
服はずぶぬれ
飛ばされた傘
石ばかりの道
人々は殺し合う
子供は死ぬ

食べ物がない
茶色の戦争
向こう岸へ行きたい
パンと愛を求めて
青い空を求めて
私の前に深い河

みんなおいでよ
この岸に
武器を捨てて
怒りを捨てて
作ろう舟を
作ろう橋を
嵐に負けず
希望を持って
河を渡ろう
でも　私の前には深い河

窓を打つ雨

雨が窓を打つ
雨が窓を流れる
外は灰色の空
冷たい夕べの雨
音も無く雨が窓を打つ
涙のように雨は流れる
私は部屋の中
じっと窓を見つめている
窓辺に薔薇がある
私は薔薇をテーブルの上に移す
ストーヴに火を点ける
私の最後の抵抗
やがて外の雨はこの部屋に侵入するだろう
灰色の空は天井を覆うだろう
雨は私の涙となるだろう
でも私はこのひとときの暖かさを味わう

突然　薔薇は赤い色と化す
焰となって燃え尽きる

詩集『アジアの風』（二〇〇三年）抄

アジアの風

アジアは褐色だった
貧しかった
猥雑だった
娼婦たち
マンホール・チルドレン
父母に棄てられた
逃げ出した
父母のいない子供達が冬
マンホールに住む
地下は暖かい
食べ物は盗むか
拾って来る

ストリート・チルドレン
色の黒い子供達が
手を出して
物品をせびる
学校に行かない子供
子供を殴る父母
レイプされて生まれた子供たち
もちろん　父親はとうの昔に逃走
夜　喧噪の音楽の中
裸で踊る少女たち
途中から　ヒモのようなブラジャーと
これもかろうじて覆っている下ばきを取る
もちろん　初めからない場合もある
でも　彼女たちの踊りは見事
どれもすこぶる付きの美人
すらりとした身体
その後　一晩で五十ドルの収入

平均月収入百ドルのこの国で
大草原の中　ゲルに一人で住む女たち
遊牧民族　羊を育て
馬の乳を搾る
乳製品を作って食べる
家族の男は町に行ってしまった
彼女を棄てて
時々　通りがかりの男が
彼女をレイプして去る
出来た子供は　恐らくたった一人で生む

でも　モンゴルの歌は甘く哀愁を帯びていた
馬頭琴のメロディ
琴　蛇皮線
若者たちの勇壮でリズミカルなモンゴルの踊り
その中の一人はなかなかの美男
太陽の下での　モンゴル相撲

陽気で実にエネルギッシュ
笑いと拍手の渦
モンゴル服を着た目の細いおばさんと並んで
カメラでワン・ショット

アジアは褐色だった
でも　とても広大だった
限りなく拡がるモンゴルの平原
想像を絶する
大空と大気と平原と太陽と
褐色の人々
彼ら今でも騎馬民族の子孫
馬に乗ると
王様のように威風堂々
背筋をしゃんと伸ばし
手綱を巧みに操り
平原を意気揚々と馬で疾走

馬上のサーカス
馬を曳く少年の澄んだ目
モンゴルの青空が映る
彼らジンギス・カンの子孫
集団で馬を駆る　平原の彼方に
蘇る　今　彼ら騎馬民族の
世界征服の夢

私は十二歳のモンゴルの少女
これから競馬に参加する
ゼッケンを付け
大平原を馬で競走するレース
だいたい　早くても出発から二時間
ゴールまで
参加者多数　褐色の子供たち
私のゼッケンは六十九番
スタート！

行け！　あぶみで馬の脇腹を思い切り蹴る
手綱を右手で掲げ
私は走る
私の馬と
ひたすら前へ
限りなく前へ
私は馬と一体となる
私は馬
馬は私
両足で馬の脇腹を蹴り続ける
手綱を握り締め掲げ
上半身は馬のスピードと平行線
限りない疾走とスピードの中
平原は限りなく後方へ飛び去る
私はスピード
私は疾走

私は平原
私は山々
私は太陽
私は地平線
私は自由
私は褐色
私は褐色のモンゴル平原の
褐色の娘
野生の娘
私は自由
疾走する馬のように自由
私は自然
飛び去る大地のように自然
遥か彼方のゴールを目指し
ひたすら前へと進むだけ
走ることだけしか考えない
私は野生のアジアの娘

褐色のアジア
私はアジアの風となる

沖縄

エメラルド色の五月の海
白い珊瑚礁
マングローブの森
強い日差し
深紅のハイビスカス
自転車で軽く一回り
星の砂の竹富島
那覇の街で食べた豆腐料理
華やかな琉球舞踊
二十五年前の沖縄　遠い

鮮やかな記憶

二年前　欲しかった琉球絣の着物をとうとう母から貰った
この間　近所の呉服屋で紅型の反物を見つけた
欲しい！
でもこれ以上着物はいらない
でも安い！　迷った末に決断し買った
買って来た思い出の珊瑚のイヤリング
その赤さ
あるパーティで沖縄舞踊を習う
大喜びでみんなと踊る
リズムに乗ると実に楽しい
ゴーヤを買ってきてもやしと一緒に炒める
この料理は沖縄出身の友人におそわった
いつか別の友人と食べた沖縄ソバ
ラーメンに似ているがショウガをのせて食べる
池袋の沖縄料理店
泡盛は強すぎた
なつかしい糸コンブの煮物
待ちかねた琉球舞踊
再び

沖縄は遠い　沖縄は近い
沖縄は逃げて行く
沖縄は近づいて来る
ある洞窟で見た　手榴弾の跡
ヴェトナム戦争　米軍艦は沖縄から出立
写真集で見た
若いアメリカ兵士の泥の沼へ潜る訓練
彼の白い顔
三年前テレビで見た
沖縄の人々のデモの映像
二日遅れて本土に届いた

レイプ
悲しみの屈辱

私は沖縄を摑もうとする
あなたは沖縄を摑もうとする
沖縄は遠い
沖縄は近い

沖縄の海

海辺で白い骨を
拾う
寄せては返す
波
砂浜に
一面の白い
骨
捨てられている
たくさんの
名もない
死骸
波が運んで来た
コバルト・グレーの
海の

白い
珊瑚
無数の断片
ばらまかれている
砂浜に
ゴミと一緒に
宝物を
拾う

目を凝らして
私は
たくさんの
宝物を
拾う

西原教会の思い出

牧師様のお車で宿舎から三十分
西原教会に着く
車から降りると　さわやかな風
広いお庭
濃い緑の南国の植物
鄙びた教会のたたずまい
屋根の上に十字架はある
きのう見た伝道所は
一部屋だけの教会
十字架などなかった
ここも鄙びている　でも十字架はある
十字架を見上げ　中に入る
古くなった　朽ちた　下駄箱
礼拝所の中央には　剝がれかけたベーク板
信徒の数は少ない
普段着の服装
礼拝が始まる
こどもさんびかとこども交読文の礼拝
風琴のようなオルガン伴奏
牧師様のお話「わたしたちって？」
礼拝の後　信徒の方々とお茶の会
沖縄産の大きな急須
南国的な植物のダイナミックな絵
いろいろなお話

「東京のどこに住んでいるのですか?」

「お仕事は?」

「僕も英語を教えています」

「この後、何をさせていただいたらいいですか?

どこを御案内しましょうか?」

それから　牧師様はお庭の草木の名を一つ一つ教えて下さった

気どらない　格式張らないとの印象
私の中で　でも
初め感じた沖縄の自然さは
やがて素朴さと沖縄の人々の心温かな愛と化した
純真で素直で素朴な　愛
それだけ　でもそこには
確かにキリストがいた

暗闇の中の祈り
（二〇〇二年二月九日沖縄糸数壕にて）

ここはガマと呼ばれる地下洞窟
かつての住民の避難場所や野戦病院となった場所
その中　皆で懐中電灯を消す
立ちつくし
手を繋ぎ合い
祈りの時間を迎える
でもいつまで経っても
祈りの声は聞こえない
長い苦しい沈黙の時間
この握り合う手のぬくもりは本当か
かつて見知った世界の光の記憶は本当か
巨大な恐怖が私を浸食する

暗闇が私を貪り尽くす
私は暗闇となる

やがて静かな祈りの声
祈りは闇の中
空洞のようにこだまする

でも私はやはり祈れない！
私は祈りの言葉を必死に求めて足掻く
それは無力さと絶望の証
どんな言葉も暗闇の中むなしく消え果てる
私は祈れない　でも祈りたい

ここは沖縄

キムチを食う

キムチを食う
いつのまにかキムチが
いつも我が家の食卓に上ることになった
冷蔵庫にはいつも常備してある
なくなると
新しいのを買って来る
作り方を教えてもらったけれど
結構むずかしい
だから
無駄な抵抗は止めにして
出来上がったのを買って来る
ビビンバにキムチを混ぜる
鍋に水を入れ　豚肉とキムチを一緒に煮る

火が通ったらお味噌とコチジャンを入れる
コチジャンが多い方がおいしい
あたたまります
これはキムチ鍋
あるいはキムチと豚肉を一緒に炒める
あるいは水とキムチとお豆腐を煮てお味噌とコチ
　ジャンで味をつける
これは韓国風スープ
皆さん　教えて下さい　その他
キムチのおいしい料理法を

キムチを食べるごとに
かつての韓国旅行の思い出が蘇る
ホテルで朝　エレベーターの中で
「アンニョン*　アンニョン」と挨拶してくれた
小さな女の子
「海苔は冷凍庫で保ちますよ」

教えてくれたおみやげもの屋のおばさん
日本語が上手
南大門の市場
ジーンズのジャケットとスカートを
私は半額に値切った
お金を渡し　品物を素早く貰う
あっけに取られていた　おにいさん
みんな日本語が上手
英語はあまり通じない　こちらは韓国語はまるで
　駄目
遠慮なく日本語をしゃべることにした

キムチは血の色に似ている
韓国の人々の血の色
冷蔵庫の中で赤い汁がこぼれる

＊안녕

ソウル再訪

これは驚き
ソウルは近代都市に生まれ変わっていた
立ち並ぶ白い高層ビル
ガラス張り
四車線の道路
マクドナルドやイタリアンピザのファーストフード店
モダーンな地下鉄の駅
白や緑色のタイルの壁
トイレは最新式のデザインのドア
ゴミなどどこにも落ちてはいない
どこもかしこもピッカピカ
山の上のソウル大学

巨大な拡がり
スマートな建築のキャンパスの点在
こんな広い大学　見たことない
学生は誰もきれいな英語をしゃべる
五年前とは大違い
夫の参加した韓国・日本共同セミナーには
学生は皆流暢な英語に
パリッとしたダーク・スーツ
日本人も韓国人もまるで見分けがつかない
かつて読んだタイムによると
韓国は経済不況でＩＭＦから補助金を受けたという
私はそのつもりでやって来た
でも　このモダンな都市のどこが不況？
道路もビルも駅のトイレも宿舎もすべてモダーン

人々はなごやかな顔で行き交う

ソウルの人々は殆どみな親切で笑顔
トゲトゲしいところなどどこにもない
東京人よりなごやかな顔つき
ソウルは生まれ変わった
東京よりもインターナショナルな国際都市に
モダーンな高速道路
金大中の韓国
金大中のようにスマート

でも　あのかつての古いソウルはどこへ行った?
駄菓子を売るおばさん
韓国海苔の古い店
かつてソウルは三十年前の東京のようだった
私はその古さをなつかしんだ
でも今　ソウルは東京よりも東京的
私は少し悲しい　国際化の名の下に
古いアジアが失われて行く

トウキョウでも
目眩く金大中のソウル
高層ビルは天を突く
めまいを押さえながら
川沿いの高速道路をひた走る
再び　こんにちは　ソウル!

ソウル・わが愛（短歌）

やっと来た　ソウル再訪　イーチョン空港　命なりけり遥かなソウル
夢に見た韓国ビビンバ前にあり　トウキョウで求め求めた　嬉しく辛し

葉っぱ一枚　いそいそ上にブルコギのせる　丸い鍮の鍋のなつかし　肉味いとし

垢落としだけのはずだった　われはオイルと石鹸責めに　ソウルのサウナの女連たくまし

非武装の二キロの地帯枯れ草の色　北へ向かう鉄道寒し　半ばに途切れる

ヘルメット被りて入りし地下道の　南北結ぶ通路は狭し

非武装の地帯を去りてソウルへ向かう　窓より見えたアメリカ兵士　少年の顔

北へ北へ　ひたすら走るバスに揺られ　目覚めし

われにイムジン江あり

由緒あるインサドンのなつかしき　そぞろに歩きて　象嵌細工の小卓を探す

パンソリ楽し　扇のダンスの華やかさ　コーリアン・ハウスに　夜の光りて

三島だよと白き絵の壺　ていねいに箱に入れてくれた店の主人　青磁に囲まれ

踊る女人の化粧にこやか　チマ・チョゴリ色とりどりに翻る　舞台は花々夜に眩しき

ＤＭＺへ

ソウルから小型バスで三時間
北へ　北へ
途中下車の大気は冷たい
更に　ひたすら北へ
参加した非武装地帯へのツアー
韓国の晩秋の田園風景
枯れた平原　黄色の木々
枯草色の田圃の拡がり
私は眠い　ひたすらバスの後部座席で眠る
目を覚ますと　イムジン江が滔々と流れる
これがイムジン江

着いたＤＭＺ

北と南　それぞれ一キロあたりの帯地帯
地雷注意の赤いマークがいたるところ
有刺鉄線の螺旋のつらなり
ヘルメットを被ってモノレールに乗り
トンネルに入る
大人が立って通れるほどのスペース
私は理解　頭が上にぶつからないようにヘルメットを被った
北が向こうからトンネルを掘った
南がそれを見つけてこちらから掘った
一九七八年
ガイドさんの話では
一時間に一万人の兵士が通れる
中は冷える
北と南からの冷気

モノレールで再び外へ出る

帰途へ着く　一路南へ
ピョンヤンへの道路建設は半分
鉄道も半分
我々は　南へ　南へ
ひたすらソウルへ
地帯は枯草色だった
冷たい風の中
アメリカ人の兵士が二人
彼らの若い　寒そうな顔

済州島・雨と雪

成田から直行便で約二時間半。着いた飛行場は世界のいずれとも変わらない広さ。だが飛行機から エア・ターミナルに直結する歩行路はなく、小型バスが外で待っていた。なつかしさを感じながらバスに乗り込む。済州島の旅の始まり。

済州島は雨また雨だった。「雨の済州島って、散文詩書くわよ」と出発前、二、三の友人に約束した。半ば冗談。だがそれがなんと実現した。レンタカーを借り雨の済州島をひた走る。島には中央に火山（休火山）があり、海岸はほとんど切り立った崖に囲まれている。しばしばその崖から直接、海に滝が落ちる。

道路はソウルと同じく近代的で島の周囲、縦横を完璧に網羅する。旅で御一緒した友人によると「軍用道路よ。整備されていないと困るのよ」とのこと。サッカーのワールド・カップがあったようで、そのためかもしれない。車から見える町並みや家々は日本の九州と変わらない。すなわち、特に古い鄙びた家が続くというのではなく、ニュー・スタイルの家が連なる。宿舎はワールド・カップのサッカー場の裏にあるということだった。ホテルを長く探して走ったのち、車道の頭上にワールド・カップのサッカー場はあっちという指示を英語で見つけた。曲がる。左手にサッカー場が見える。巨大さとモダンさにいささか驚く。それを過ぎると海が見えた。右へ曲がり、曲がりくねる小道をいささか迷いながら走る。やっと目指す宿舎を見つけた。あら、これもスマートでモダンな建物。中へ入ると中央横の壁にモダンな絵画があった。紫を基調としたシュールっぽい洒落た絵画。現代の韓国絵画だろう。やっと着いた。

翌日から雨が降り始めた。冬の一月末であるが、椿と菜の花が咲き、あちこちで実をたわわに付けた蜜柑の木々があった。それにしては雨の中、寒い。私の中で季節の感覚は少々混乱する。少々厚着をする。

ルート12号を東へ。民俗村へ寄り道しながら辿り着く。ひたすらの雨の中を広い敷地内を大きな借りた傘を持ち歩く。かつてソウル郊外で見た韓国民俗村を思い出させる。やっとここで、古い鄙びたかつてのアジアの家々に出会った。あらなつかしい。木の建築、紙で貼った障子、藁葺き屋根。茶色の漆喰の壁。煤けた台所には大きなお釜がいくつか土で出来た竈にしつらえてあった。こんな家にこの間まで私達は住んでいた。でも、藁葺きや茅葺き屋根では、今はかえって高くつくわね。

ひたすらの雨。

そぞろに歩く。道すがら一つの建物には木の工房と書いてある板が下がっていた。傘を畳んで入ると、男の方と女の方がいた。狭い家の中はずらりと、木の彫刻、皿や置物、花瓶が並んでいた。羅漢さんのような置物が並んでいたので訊くと、武官、文官というこの島の守り神だという。そういえば、入り口近くの土産物屋でも武官さんの彫刻を見た。火山岩で彫られていた。梅と雀を彫刻し絵付けをした大きな木製の花瓶と、表に武官さんが彫られている木製のお菓子入れを買う。頭が蓋になり、中にお菓子が入る。韓国の着物を着た御主人は日本語を話し、丁寧に買ったその日の日付と御自分の名を刻んでくれた。お礼を言って外へ。傘を拡げる。外へ出ると雨、また雨。

ひたすらの雨。入った古い韓国式家のレストランでコーヒーを注文しようとしたら、日本語も英語も通じず。しようがないからニラ入りのお好み焼き（パンケイクとの英語）を英語を見て注文した。注文を受けてくれた先ほどの女の人がひょいと入って来て私の顔を見て、ストーブに火をつけ、テレビをつけて出て行った。部屋の中は石油ストーブがあかあかと燃え暖かい。先ほど入り口近くの土産物屋で韓国の海苔巻きとおでんを食べたのであまりおなかは空いていなかったが韓国のお好み焼きはおいしい。帰り際、同じ彼女を見つけ、いくらですかと言うつもりで「イゴン　オルマイエヨ」[*1]と言ったら、韓国語で答えが返って来た（今考えると、イゴスンと発音すべきだったか？）。わからないから勝手に財布を開けると、彼女は札を何枚か抜いておつりをくれた。こちらが去る時、彼女は一瞬悲しそうな顔をした。

日本語も英語も通じなかった。こちらは彼女の韓国語はわからない。切羽詰まったジェスチャーと指さしでの伝達。でもその果てにこころとこころが一瞬通じた。あたたかさがにじみ出た。彼女は一枚の絵になった。普段着で髪を後ろで無造作に束ねた彼女。すべすべした陶器のような白い肌。済州島で会った何人もの女に、彼女の姿が重なり合う。レストランでお土産物屋で彼女たちはいつも、「アニハセヨ」*2と言って笑みを作ってくれた。何回かの後にはこちらも、「アニハセヨ」。

ひたすらの雨。


他日に立ち寄った、もう一つの雨の民俗村で、水をたたえた大きな瓶とショイコと口の小さな水瓶とを見た。片言の日本語を話す若い女のガイドさんによるとこの島で水道が出来たのは一九八八年で、それまでそして今でも、水瓶を背負って水を汲みに行くのは女の仕事であり、男は「遊んで」いた（いる？）のだという。水汲みの仕事を男にやらせると「二番目の奥さんが来る」と言われたそうである。すなわち離縁させられてしまう。口が開いた大きな素焼きの瓶（この島でよく見た）は、木から伝わり下りて来る雨水を、藁で濾して下の瓶に溜める。この部落ではいまだ人々がそのまま住んでいる。大きなしたがって重い水瓶を背負って水を汲んで来る女の仕事は力仕事だ。体を斜めにして、水瓶から汲んで来た水をもっと大きな容器にこぼす。それは写真で見た。済州島の女の歴史の一面。

ガイドさんの案内で藁葺き屋根の家に入る。ほっとしてベンチに坐る。木の柱に草鞋《わらじ》が下がっている。室内ばきにいいと言ったら笑われた。ここではまだ現役？

傘を畳む。滴が垂れる。雨の音を聞く。


三日目の朝、宿舎のカーテンを開けたら外は一面の雪だった。雨は雪に変わった。カーテンを閉めると嵐のような音が聞こえた。

降りしきる雪の中、車でひたすら空港目指して走る。吹雪。このような雪はここでは珍しいそうである。ひたすらルート16号を北へ追う。古いアジアと新しいアジア。ここ済州島（チェジュド）でも。雪風を巻き散らし、車は一路空港へ。

　古いアジアと新しいアジアが私の中で背比べを始める。吹雪の中でぐるぐると回転し始める。

　ひたすらの雪の路。


菜の花に雨が降る。

ブカンさんに雨が降る。

切り立った崖に雨が降る。

海は明るい薄いブルー。

モダンなサッカー競技場に雪が降る。


　空港で食べた海鮮鍋は済州島の味の思い出となった。辛い赤色の汁。魚介類。ひたすらの辛さが舌に残る。

＊1　이갓은얼마이여요
＊2　「こんにちは」は、韓国語で正確に言うと안녕하세요「アンニョンハセヨ」だが、旅行中はどうも、「アニハセヨ」と聞こえた。

黄河を上る

黄河を上る
その日は来た　だが雨
雨の中を長く歩く
ひたすら歩く
長い時間
やっと黄河が見えた
ほら　あれが　黄河
この大地を滔々と流れる
更に歩く　どこまでも　雨の中　舟を目指して
ぬかるみの中
滑らないように一歩一歩

だが　滑る
どこまでも続くぬかるみ
そぼ降る雨
やっと　舟に辿り着く
朽ちた木舟　錆びたエンジン
やーだ　止める　死にたくない！
皆は叫ぶ　だが聞き入れて貰えない
覚悟を決めて　乗る　小さな木の舟に

黄河を上る　大河は本当に黄色だ
幾多の黄砂を巻き込み　河は流れる
ゆっくりと
悠久の時間
悠久の空間
悠久の天
悠久の地
向こう岸ははるか彼方

ただ影
心は黄河の流れに洗われて行く
幾多の黄砂を巻き込み　大河は流れる
一千年前も流れていた　五千年前も
一千年後も　一万年後も

舟から降り
ひたすらバスへ戻る道
ぬかるみの中
滑りながら
転びながら
降り続く雨
もうすぐバスに辿り着く
河の畔の掘っ建て小屋から
子供が駆けだして来る
人の匂い
生活の匂い

子供を抱いた女

天安門・その後

天安門広場はそこにあった
泊まる飯店からタクシーで十五分
友人と共に広場の中心へ歩いて行く
広い　広い　広い　という印象
あたりを見回す　鳩が飛び立つ
広場は何気なく　そこにあった
かつての喧噪　銃声　阿鼻叫喚を
歴史の彼方に閉じ込め果てて
静かに　拡がる石畳が限りなく白い
この静けさは　だが　何か？
彼方に故宮への入り口の門
周囲を見回し
私は今の時間と空間を摑もうとあせる
歴史の過去と未来を
巨大な波動の中に胎動させる広場　故宮
蠢く　蠢く　それは
限りない新生の羽ばたきを求めて

俺は西行

はるばると高野山から徒歩いて来た
干し飯を食し
渇えれば清水を呑む
俺の日々は旅
天地流浪の旅
孤独の中に自由がある
自由の中に孤独がある

孤独と無限の自由
その一点で俺は自然と一体となる
無限世界を把握する
歌が出来る
流れる墨となる

俺は二十五の時　世を捨てた
捨て去って　ほっとした
身軽になった
妻子も捨てた　俺はもう知らん
知るものか
知るすべもない
俺は僧だからな
でも金は残して来た
俺はもう金などいらん
いらんからな
そんなものはもう余計だ

俺は面倒はもうやめた
山野に遊ぶ
軽やかな無と空
歌は俺の合掌だ
その時　俺は確かに神仏と繋がる
歌が湧き出る
俺は歓びの中
筆を揮う

歌を詠みたし
歌を詠みたし
それは今の俺の我執だ
煩悩だ
俺はひたすら妄執の鬼となる
桜を詠みたし
死を詠みたし
桜の下の死を摑みたし

死を掴むこと
それは俺にとって生きることだ
死によって俺は生きる
俺はまだ死なんぞ
死んでたまるものか
満開の桜をこの手で掴むまでは

俺は西行

ピサの国立博物館にて

ローマ行きの便を待つ時間
荷物をチェック・イン
おおあわてでタクシーに乗る
国立博物館へお願いします
二階建ての建物　外には聖者様の石のお棺

時は忙しく歴史の中に遡る
二階へ上がるとキリスト様がたくさんおられる
部屋の中には他に誰もいない
多数のキリスト様に無言で囲まれる
素朴な木で絵の具を塗ったキリスト像
マリア像
マリア様たちはよく見る普通の田舎の乙女
絵に描かれたマリア様は
幼子キリストを抱いておられる
去年ギリシアで見たマリア像によく似ている
ビザンティンの広大な地図が拡がって行く

アジアのキリストとマリア様
親しみやすくて素朴で哀しげなお顔　突然
たくさんのマリア様が一斉に私にお話し始める

詩集『あなたと夜』（二〇〇五年）抄

あなたと夜

夜が光る
あなたが光るように

あなたが光る
夜が光るように

あなたと夜に
わたしは抱《いだ》かれる

それとも
わたしが抱《いだ》いているの？
あなたと夜を

あなたは何？
夜は誰？

何と誰とに
わたしは抱《いだ》かれているの？
それとも　誰と何を
わたしが抱《いだ》いているの？

わかっているのは　ただ
光っているということ

あなたと夜が

あなたは風

あなたは風
私の心の透き間に
ふっと吹き込んできた　風

あなたを摑もうとすると
あなたは逃げる
あなたを抱こうとすると
するりと抜けて　あなたが私を抱く

あなたは遠い異国の空を私に吹き込む
あなたは　未知
あなたは　不可思議
あなたの顔を私は知らない

あなたは変幻自在の顔を持つ
今日　あなたは一つの顔を持っていた
でも　明日　あなたは　違う顔を持つ

あなたは　風
吹き抜ける風　私の命の中を
私の愛を奪って　あなたは空へと逃げていく

星々の間を

私は星々の間を歩く
あたりは透明な水色
両足を動かさなくても
すいすいと前へ進む

あなたの手　あなたの口

あなたの笑い顔
私は　今　はるか上にいる
あなたの足は地に釘付け
私はひとり　大気の中

小さな孤独を抱きしめて
ここを歩くのは楽しいわ
軽やかな足取り
軽やかなこころ
もう　知らない
地面に釘付けのあなたのことなんて
私は　今　軽やかな　ひとりぽっち

地上では　あなたと私は　目隠しの鬼ごっこ
どこを探していたの　あなた
私はここにいるのに
私もまた　目隠しをされて

あなたが見えなかった　あっちを探していた
あなたはここにいたのに

突然　星達が輝き出し
私は星達の胸に抱かれる
どしゃぶりの雨の中
星々と踊る
激しいリズムのロック・ダンス
でもここは束の間の休息
星達はいるけど　冷たい輝きばかり
もうすぐ　私は地上に帰る
そして私は口紅を赤く塗りたくって
繰り返すつもり
とめどもない　魂の鬼ごっこ

雨

雨　降る　降る　降る　降る
　しと　しと　しと　しと
ざあ　ざあ　ざあ　ざあ　ざあ
タテ　に　降る
ヨコ
に
　降る
斜め
　に
　　降る

相合い傘

あなたと一緒

あめあめふれふれ　かあさんが
じゃのめでおむかえうれしいな
あんた　この歌知ってる？　何だ　知らないの？
おかあさんね　一度学校に傘を届けたことあるのよ
あんたが小学生の時　おぼえている？
でも一度でやめた　あんた傘なしで帰って来たから
いいこと　もう　傘をどこかへ置いて来ないでね
ビニール傘だって　高いんだから
何本買ったって　足らないよ
あめあめふれふれ　雨が降る

黒い雨ふる
すっぱい雨ふる
涙の地球に　穴があく

星々が降る夜

星々が降る夜には
あなたのところへ
きっと　小さな羊がやって来る
どこか知らない　遠い地平から
小さな　たんぽぽの花束を持って
たんぽぽは軽やかな綿毛で包まれ
眠るあなたの瞼をくすぐるだろう
綿毛は風に飛び
夢の中　あなたを　遠い野原へ
連れ出すだろう

やがて野原は一面　レンゲ草で覆われ
風は軽やかに
口笛を吹いて渡る

星々が降る夜
あなたはすこやかに眠る
星はひとつずつ
あなたの上に落ち
あなたを輝きで満たすだろう
あなたは　深い眠りの中
そっと星たちの胸に抱かれる

光る水

水を求めて
　水の中を歩く

水を掻く
　水が押す
　　息を吐く
水面にかけ昇る　あぶく
あぶく　あぶく

わたしは求めているのかもしれない　真っ赤な大
　きな花
水の中に

それは　幻影?
　無数のあぶくは　私のあがき?
　　でも　私は歩く
　　　押す水を押し返しながら
たとえ　それが光であり　花ではなくても
　　　　水はあたたかい

　　　　　笑おうとしても　私は笑えない
　　　私は　水の中

早春

長い冬のあとにいつも春が来る
それは神が人間に与えた希望なのだろうか
長い寒さの日々のあと春は今年も再びやって来る
新たな蘇りの日々
新たな始まりの日々
やがて小さな子供たちは大きなランドセルを輝か
　せて登校する
頬の赤い新一年生
母親たちは胸に花の造花を着け
入学式へと急ぐ

輝かしい期待を胸に
若い母親たち
桜の木の下での記念写真

私は十二歳の少女
学校の宿題で忙しい　その合間
うたた寝からふと目覚めると
父は言った
「梅が咲いたよ」

詩集『二十歳の詩集』（二〇〇五年）抄

アフリカ

ふらふらと
いつものなじみの街角を曲がると
アフリカだった

アフリカ！
たくましく白い乾いた平原
燃える灼熱と原始の力を
押し倒し叫ぶ濁流

呻く太陽を
吸い込み消化する
砂漠の熱さ

視線は遠く吸い込まれ
駆け回り　繰り広げる
血みどろの生の闘い
血は走り　血は叫び
灼熱の太陽

夕陽が沈む
彼女はあかがね色に染まり
走り行く　あかがね色の砂漠の中を
聞こえる　どこからか
雄々しく　静かな　砂漠の合唱

彼女は走る
髪に汗と太陽が浸み込み
アフリカの落日が彼女の着物だ

ふらふらと
いつものなじみの街角を曲がると
アフリカだった

私は歩いているのだった
もうすぐそこに家がある
私はかかえているのだった
いつまでたってもうまくならない
英語の辞書を

殺戮

バババアーーン　バン
マシンガンは
真夏の都会に響き
真昼の太陽を反射する

バン　バン！
マシンガンは火を噴き
バタバタと倒れる
あとからあとから歩いて来る人間の群

その群は日陰を欲し
その群はおだやかに笑っているのだ
長い長い行列を作り
時々　彼らの信仰する巨人様に向かって
万歳を唱え
(巨人様は彼らを食べておしまいになることを
知らないのだ)
小さな彼らの視界の中で
自分の毛並みのよさをたからかに誇り
わがもの顔で歩いているのだ
どこへ行くのかも
知らないで

バババアーン　バン！
マシンガンは響き
深紅のバラが降り注ぐ

しかしマシンガンも知らないのだ
深紅のバラが落ちる前に
巨人様と
動物たちのおしゃべりによって
すぐさま消されてしまうことを

バババアーーーン　バン！

サモイヤナ

わたしのこの身は冷たい
そしてわたしはすべてを言い尽くしてしまった。
もの憂い庭の金色の樹の影
煙草の煙は動かずにたゆんで静止する。
行ったり来たりするあの人はなんだろう
わたしは手を伸ばす
と　あの人は平行棒の上を歩いている。
なにも摑めない
摑もうとした手が
見たこともないスペリングを描き出す
炉の下から見つめている三つの目はなんだ。
目はナイフの下にある火はナイフの上にある
目がナイフを持ち上げる

壁にかかったゆるゆるとした絵が動く。
金色の光が射す椅子にわたしの身は冷たい。
厚いガラスの花瓶に光はぐるりとのたうち
水は静止して放物線の長々しい延長
目と帽子ばかりの針金の人物が到来する
ややあ　こんにちは
よく日が照っていますねたんと照っておりますよ
濃い緑が絵の具を塗る
あれは木なのです。
木は動かずに静止する
ナイフが絵を裂いてゆく
黒猫が木の前を歩く
水の中に黒猫が静止する
そんなに覗かないで下さい
ヴィーナスが黒猫になる
そんなに覗かないで下さい
わたしのこの身は冷たい　そして

わたしはすべてを言い尽くしてしまった

サモイヤナ

一日

あのひとたちの後姿にはいつも
鉛の兵隊の皮肉があった
わたしのこころは
口をつぐんで　ユトリロの絵の中を歩く
壁に凝固した寺院
静止した笑み
凍結した人の影　立ち止まったぬくい昼
わたしは決して辿り着くことのない
あの　遠い寺院への道を反芻する。
情念はいつでも　入場券を手に入れることはない
情は　摑もうとすると指の間からしたり顔して逃げる。
いくら入り口を探しても決して入れない
あの　遠い寺院
もし……であったなら
もし……であったなら
想いは　ひらたくひろがる日々の中の
残酷な仮定形の　終点の無い円環である　一日
乱雑な部屋の中で　白い紙の上に
いくたりかの人物たちの芝居を夢見る時間
もし……であったなら
もし……であったなら
日々は
仮定形で積み上げられた喜劇の羅列だ
かわいい道化たち
わたしを拒む　あの遠い寺院を襲撃せよ！
わたしの想念はコンクリートの中に固まる
壁に刻まれた屋根

壁に刻まれた窓　壁に刻まれた空
壁に刻まれたこころ
そうだ明日　いつもこの明日
A街行きの血なまぐさい切符を手に入れようか
それとも
赤い信号を渡って　小さな嵐に巻かれに行こうか

絵画

はじめて見た　この人のあつまりを
春は来ないのに　春はやがて
食事のあとのテーブルのゆるやかな弛緩と
飲み残されたビールから突然
出現するだろう
ずっと昔からあった筈なのに——いま始めて
このゆたかさを知った。
春のさきがけの光の突然の放射
朝　眠りのなかで知る　明暗の気配
人々のなかに——忘れていた今日の約束を追う
わたしは部屋で談笑する
裸足の少年は目を隠す
闇の中の突然の鉄線
一閃の光——手。

日盛り
インザ・ヒート・オブ・ザ・サン

ただこころを覆い隠したまま滑ってゆく
幾多もの会話の中で
わたしたちは　こころの外の言葉を交しながら

正午の中を歩いて行った
まぶしい陽は静寂の中に拡がり
強烈な沈黙のだだ広い白熱の静止の中を
わたしたちは途切れることもなく歩いて行った
訣れは日常の軽い挨拶のように何気なく
突然にやって来る
わたしたちの視線が一瞬停止する　その時
日盛りの中を
一つの素早い影が走り去って行った
正午

時は切り取られた　わたしは
忘却の失われた時間の中に　突然　思いがけなく
日盛りを素早く駆け抜けて行った
あの一瞬の走る影と出会う

詩集『俺はハヤト』（二〇〇五年）抄

ティレシアスの杖

男が進む
老いている
盲目らしい
頭には　ターバン
長い使用のくたびれた布
衣服は　垢にまみれ　擦り切れている
痩せた体を覆うだけ
肋骨の隆起が見える
開かれた目は動かない
濁った光
二本の脚は　枯れた木の枝のようだ
男は歩く

細い杖を頼りに
一歩一歩　踏みしめながら
緩慢に進んで行く

熱い陽に照らされた　王宮の町
乾いた煉瓦の建物が居並ぶ
土産を売る店
野菜の露店
金物屋　ブリキの薬缶《ヤカン》が店頭に光る
もう少し歩けば　煉瓦造りの王宮の伽藍
脇には三重のパゴダの塔が　堂々と天を突く
王宮広場
その向こう　大きな水溜めには　濁った水
人々は　熱い陽を避け　建物の蔭に坐り
動きもなく　通行人を見つめる
盲目の老人は歩いて行った

杖を片手に　日溜りの大通りを
白く乾いた　煉瓦の路を
陽で熱い　広場を
表情のない　居坐る老いた人々の群の前を
土産を売る女は　客を追って
老人には目もくれず
素早く　広場を過ぎった

今なぜか　彼は再び歩いて来る
垢だらけの衣服は　そのまま
濁った動かない目は　そのまま
杖でゆっくり　進んで来る
現在の私の時間と空間の中
はるかな時間の襞を越え

彼の名はティレシアス
永遠の老人

椰子の実・済州島にて

部屋の片隅に転がる椰子の実
済州島で買ってきた韓国の歌謡曲を聴いていた
その時気が付いた
あら　こんなところに転がっている
ちゃんと小棚に置いておいたはずなのに

もう随分前になる
済州島への旅行
ある日　島の海岸へ行った
切り立った崖　川が海にいきなり落ちた
空気が冷たく　小雪が舞い始めた
一軒の土産物屋に入った
暖かかった　ストーブがあった

そこで韓国の歌のカセットを二つ買った
若い女の売り子さんは日本語も英語も通じなかった
困って彼女は奥から　一人の白髪の老人を連れて来た
彼は日本語がうまかった

老人は日本語が上手だった
私の会話をなにもかも理解した
私はその理由を尋ねなかった
表に椰子の実があった
私は椰子の実のジュースを飲み
まるごとの実を二つ買ったと思う
「ベトナムからの輸入品」と老人は言った
初めて飲む椰子の実のジュースは甘かった

名も知らぬ遠き島より

流れ寄る　椰子の実一つ
　ふるさとの岸を離れて
この詞を思い出す
故国を離れ南の島へ出征した兵士の詞

今部屋に転がる椰子の実
「ベトナムからの輸入」と流暢な日本語を話す老人
なぜ日本語がそんなに上手か　尋ねなかった
尋ねる勇気がなかった

今韓国の歌を聴く
現代風ロック

暁の寺

その名に誘われて　ここまで来た
バンコク　チャオプラヤー川
その向こうに
寺は高々と聳えていた
暁の寺　ワットアルン
輝く仏塔は鋭く天を突く
船で川波を渡る　揺れながら
岸に上がれば　今　私は彼岸にいる
熱い陽の輝き

　　風は途絶えている

仏塔の回りをぐるりと一周

塔を両手で支えるは　石作りの猿と鬼
傍ら　生きたネコが一匹　私を眺めている
こんにちは！　急な段を降りると
屋台に拡げられた　土産物
象の模様のＴシャツ　手編みのバッグ
店のおやじさんの親しげな顔

風は途絶えている

乾いた南の太陽の光の中
色彩豊かな仏教　五色　赤　青　緑　黄　白
まるで異なった仏教の歴史の中に　今たたずむ
幾多の仏像は金で覆われる
金色は永遠の色
巨大な金色の涅槃像
スコタイ　スリランカ　クメール　カンプチア
　アユタイ

ラオス　ビルマ　インド
さまざまな地のさまざまな文化と歴史
今　回り回って　ここに集約する　そして聳える
暁の寺
永遠の寺

風は途絶えている

やがて　再び仏陀は目を開き
川を渡るだろう
やがて　暁は再び始まるだろう
王者よ　再び来たれ
王者よ　再び立ち上がれ

アユタヤにて

土産物屋がある
陽はあつい
アユタヤ日本人町の跡
そそり立つ石碑

今は昔
はるかなるシャムの地
走り去った　野望の馬
雄叫び高く
走り巡った
喧噪の歴史
乾いた泥と乾いた血の
褐色のアジア

俺は　山田長政

展示館を出ると
皆とはぐれた
土産物屋のおばさんと話す
値切ったら　少しだけ安い
絹のタイ模様のツー・ピース
時代物の　焼き物二つ
壺　これはお買い得
でも　何気ないふり
バスの前で皆を待つ
熱い陽の中

褐色に日に焼け
埃にまみれた武士が
シャムの長刀を振りかざし

今　白い乾いた大地を
駆け抜けていく
熱い咆哮
天へ向けて吐く　唾
熱い雄叫び

俺は山田長政
熱いシャムの黄金の燃焼

鹿のいる場所

鹿たち
歩く　立ち止まる
近寄ってくる
黒い澄んだ目
二匹　四匹

拡がる木立

路傍に立ち並ぶ　石灯籠
湿った路をそぞろ歩き
興福寺から　春日大社へ
鹿の足跡を追う
春日大社の宝物殿へ
東大寺へ
路傍の茶屋で　甘酒を一服

舞い上がる　義経の奉献の剣
舞い上がる　神楽太鼓の竜
舞い上がる　十二歌仙の奉納絵
舞い上がる　藤原家奉納の大太刀
舞い上がって　空中で静止する
白熱で溶けて　巨大な鹿の目が浮く
鹿の目がぎらつく

鹿の目が迫る
鹿の目が人間を喰う
鹿の巨大な目は　神の怒り
煮えたぎる巨大な
ガラスの血の目

都はペストだ！
都は炎上する！
興福寺の前の池の　濁りを神が怒った
饅頭ばかり食べている　人々の奢りを神が怒った
大仏建立に使った水銀が
都の人々を毒した
鹿が走る
鹿が跳ぶ
鹿が喰う
鹿が殺す
鹿が炎となる

都は炎上！
焔が地獄を舐める

ペガサス

おおい！　ペガサスが来るぞ！
また　来るぞ！

ペガサスはやって来た
どこからか　この小さな村に
束の間　平和だった村に
森を蹴散らし
畑を蹴散らし
干し草を蹴散らし
人々を蹴散らした

荒い息
荒い足取り

人々は武器を取り
守った　母を子供を
でも　ペガサスは不死身
銃で撃っても　よみがえり
鋤で打っても　よみがえる
流した血は　すぐ消える
光のように迅速に
音よりも素早く
稲妻のように疾走する馬
たてがみは刃のようにそそり立つ

人々の体は切り裂かれ
血にまみれ
肉片は放り上げられ
血の池に　首や腕がバラバラに浮かぶ
馬の殺意の前に
人々はただの物体
声もない
小さな生を生きたという尊厳もない
その証もない

最後の砦は破壊された
村の者をすべて殺して
やがて　馬は去った
遠くにきのこ雲の噂
もはや廃墟の村は　声もない
巨大な歴史の墓

また　ペガサスはやって来るだろう

銃剣の舞

門の前に屹立する兵士二人
観光客の前で　表情を崩さない
銃は直立の杖　銃口は上

正午　兵士のパレードが始まる
入念のセレモニー
足並みは崩れない
出会い　ターン　三歩進んでは　停まり
銃の移動　右手から左　肩から空へ
長い時間をかけ　廟の前まで
再び　門の方へ

目は鋭い　足並みは確か
銃は光る
選ばれた背丈の　兵士の若さ
まなざしは光る　射る
射尽くす　銃剣となる

昨日見た　マニ族の踊り
情熱の　解放の踊り
色とりどりの　祭の衣装
民族の模様　海と空のかなた
どこか他の場所でも見た　南の

乱れない　整然の　銃のパレード
少女たちの　歓声の踊り
二つが　空中で交差する
舞う
世界を爆破する

（二〇〇四年十月四日　台湾・台北にて）

連理の鶴

一人の女が紙を折る
折っては破り
破っては折った
折り紙の山
今日もまた折る
連理の枝の鶴
羽と羽を重ね合い
一つの枝で　飛ぶ
雌雄の鶴
今日もまた折る

還って来なかった
日々の空白

辿り着こうとしても
辿り着けない
単色の時間の襞　その向こう
そのまた向こう
出て行った足音を追って
時間がそのまま途切れた
もつれ果てた髪の
そのまたもつれの　彼方
呆けた女は　今日も
連理の鶴を折る

破る

俺はハヤト

〈日向・神楽「戸開き鬼神」より〉

これは何だ
豊作の神は　隠れて眠っておわす
岩戸を閉めて

天の岩戸が閉まっているから
地上は闇だ
まっくらだ
日は照らない
作物は枯れる
育ちゃしない
雨は降らない
畑は乾いた
ひびが入った
川は　干からびた
剝き出しの割れた底
人々は飢える
食い物がない
飲む水もない
赤子は干からびて　次々と死ぬ
どうすりゃいいんだ
戸を開けなきゃならん
神の隠れる　あの岩戸を

俺は鬼
俺は怒っている
神は眠っておわす！
天の戸は閉まっている！
俺は怒っている
神の怠慢を

神の無慈悲を
この怒りの舞で　神を呼び出す
来たれ　豊饒の季節
来たれ　豊かな収穫の季節

俺は隼人《ハヤト》*
俺の舞は怒りの舞
日に向けた鬼の舞
飢える人々の救いの舞

（二〇〇五年六月十一日　日向・宮崎にて）

* 隼人（初出ではハヤトとカナ書き）には諸説があるが、一説には記紀万葉の時代には薩摩・大隅・日向地区に居住した少数民族であり、隼人舞といわれる祭儀を司った。反逆の怒りの民との伝承がある。だが、やがて宮廷警護にも従事した。

西域

太陽が下まで下りて来て
オムレツになる
岩道は　上に　下に
からからに　白く　天に突っ込む
声は天に吸い込まれ
岩肌は　のびやかな地球となる

地平線は　褐色の人々の笑いを
つつみこむ　たわむ
人類の発展という名のもとに
自然と人間は　愛し合う　憎しみ合う
文明という矛盾を孕みつつ

乾いた砂漠に囲まれる　緑の葡萄園
一千年前のはるかな灌漑
砂漠に立ち並ぶ　風車
人間は　砂漠に必死に富を求める
瓦礫だらけの地に
人間の挑戦は風のように巻き渡る

はるかなるシルクロードの夢に群がる
文明に飽きた　文明人
砂漠のミイラ
葡萄園の干し葡萄の山
狂熱のウイグル　ダンス
人々を荷台に乗せて走る　砂漠のロバ
観光客に群がる　みやげを売る子供のまぶしい笑
　顔

瓦礫と白熱の太陽との
果てしのない人間の対峙
砂漠の中の街中
バザールに見る　人々の生活の汗
その　にぎわい
民衆の歌　情歌が
喧噪を切る

（二〇〇四年八月　ウイグルにて）

西域のロバ

西域のロバ
焦げる太陽の下
黒く光りながら　大地を歩む
荷車を曳き
御者を荷台に乗せて

首を振る　上下に
歩く　走る
十人以上もの大人を曳く
野菜の山を曳く
上下の首のリズムは変わらない

カメラを向ける
御者は　小さな帽子をちょこんとかぶり
白い歯を見せて　褐色に笑う
でも　ロバは笑わない
じっと黙って　立っている

車やバスの走る舗装道路の脇も
でこぼこの裏道　田舎道も
ロバは歩む　御者と荷台を曳きながら
黙ったまま

労働が　沈黙の彼の一生

西域の労働の歴史を運んで
西域の人々の生活を積んで
黙々と　ひたすら　ロバは荷台を曳く
首をひたすら振りながら
上下に

ある日　ロバは解雇される
車に取って替わられる
天山山脈の下
近代文明のけたたましいラッパが鳴り響き
人々は　ロバを忘れてしまう
我々と同じく

重い荷物もなんのその
何十トンでも　ボクは運ぶよ

大地を蹄で叩いて
ポコポコあゆむ
首を振るのは　労働のリズムさ

ロバの目に何が映っていたか
私は見なかった　でも知っている
空は映っていなかった
大地が映っていた　太陽の下
白く乾く大地

ここは西域の地　ウイグル
私は会って来た
西域の重い労働の歴史に
動物たちの沈黙の労働の歴史
我々の労働の歴史
でも　ロバは仕事が楽しいんだ

やがて　ロバがトラックに替わられる時
ロバは首振りをやめ　天を見上げ
一声　大きくいななく
天山山脈は震える

天山山脈には　ロバが似合う

砂漠のバザール

果てしなく続く
石と砂と　岩山ばかりの
乾いた砂漠
そこを貫く近代道路　一路
長いバスの旅
私は　疲れる
やっと着いた街中

行き交う人々の気配
居並ぶ商店の看板
ほっと　一息付く

ここはウイグル
シルクロードへの　想いが彼方

路伝いに少し歩くと　バザールに出会う
ウイグル帽子を被った　褐色の男たち
さかんに売り声を高める
大きなナンとカレー
女性用ランジェリー
スカーフ
巻かれた布地
いろいろな模様がある
通りがかりの女たちに
彼は　布を拡げている

ポリエステル製　絹ではない
洗うに便利
普段着の　簡単サリーになるだろう　きっと

人々の汗
市場の活気　生活の臭い
かつて訪れた　ソウルや那覇の市場を思い出す
嬉しくなる
アジアの汗

現実の雑踏に吸い込まれていく　古代の夢
バザール　人々の生活物資は豊か
遥か　西方の果ての街
イラクにも　アフガンにも　ネパールにも
すぐ近い
彼方の戦乱の噂　だが
ここには　生活があり　生きる声がある

雑多な汗が跳ぶ
私は　バザールの汗に　まみれる
まみれ尽くす

詩集『ゴヤの絵の前で』（二〇一〇年）抄

Ⅰ　ゴヤの絵の前で

ゴヤの絵の前で
――「一八〇八年五月二日」「一八〇八年五月三日」

日本でこの絵を知った
ゴヤによって書かれた
フランス軍によるスペイン市民銃殺の絵
シェイマス・ヒーニーの詩の中で言及されていた
彼は警察によって殺されたアイルランドの暴動を
　暗示していた

広いプラド美術館の中
ひょいとその絵に出会った心の興奮をしばし抑え
　きれず
私は呆然と突っ立っていた
ゴヤは描いた
宮廷絵描きと呼ばれた彼
でもゴヤは描いた
スペインのために
激しい憤りと激しい抵抗を

南京虐殺
ユダヤ人虐殺
ヒロシマ　ナガサキ
ソンミ村の虐殺
独立を願うアイルランド人民の復活祭の虐殺
スターリンによる反逆者の虐殺
イラクで
アフガンで
ホロコーストはいつの歴史からも去りはしない
人類の汚点
われわれは肉を喰らう　動物に過ぎない

ゴヤは流血の惨事を描く
人民に銃を向ける兵士を描く
ゴヤの絵は生きている
今でも　そして　生きるだろう
永遠に
この神の不在の世界の中に

ゴヤ「一八〇八年五月二日」「一八〇八年五月三
　日」の絵の前に立つ
二〇〇六年四月二十八日
暑い午後

赤い雪

――三・一独立運動の犠牲者たちに

一九一九年三月一日
朝鮮　ソウル
やがて　全土に波及

彼らの雪は
歴史の悲しみの上に
降った

わたしたちの雪は
わたしたちの上に
降り
大地を
赤く
染める

今でも
雪は
降り続け

わたしたちの
大地を
赤く染めている

独立は常に激しい
弾圧を受ける

今でも　世界のどこかで
新たに　再び

赤い雪が　降る

＊　三・一独立運動は万歳事件とも呼ばれる。一九一九年三月一日にソウルのかつてのパゴダ公園に多数の学生と市民が集まり朝鮮の独立宣言文を読み上げて「朝鮮の独立万歳」と宣言した。この独立運動は日本の官憲の激しい弾圧を受け、多数の犠牲者を出しながら朝鮮全土に拡がったが五月に終了。

遠い声・金子文子

鉄格子の窓から赤いつつじが見えます……ギロチンの色……血の色……革命の、犠牲者の、色……あなた……私は、明日、死にます。本当は、あなたと一緒に死にたい……でも、無理ね……わたしたち、遠く離れてしまった……別々の刑務所……今、私はひとりぼっち……私の声は届かない……だから、呼んでも、あなたには聞こえない……だから、私、一人で死にます……死、それは、今私が手に入れることが出来る、たった一つの自由……死によって、私は初めて、この冷たい牢獄から、出ることが出来る……もう私は死んでいるの……この牢獄は、墓場です……私は、既に、生きた人間として、扱われてはいない……死人の扱い……ただ、冷たいご飯を食べさせてくれるだけ……それも、官憲の尋問に答えさせられるため……ひどい誘導尋問よ……何も言えない、何も聞いてはくれない……言ったって、殴られ、修正されて書き留められる……この間、お前、そうじゃないだろう、こうだ、言い直せ、って言われた……いやだ、言い直しません、って言ったら、殴られちゃった……無理に結婚届けを出させられたし、無理に二人一緒の写真を撮らされた……それは、国家権力が赦す、結婚という形態に、私たちを当てはめるため……籍を入れない、同棲じゃ、困るからね…

…夫と同じく使命に生きる妻、なんて困るからね……夫を、同志、なんて呼んじゃ、困るからね……妻は、夫に、従うべし……奴隷よ、女は男の奴隷……同等では、ありえない……今の憲法は、そう言っている……でも、朝鮮人との結婚は、籍を入れないのと、何ら変わらないのよ……完全には、認めてくれない……でも、それ以後、官憲は……あなたと違ったことを言えば、お前は夫に従わない妻だと、言う……お前、女だてらに、朝鮮人の騒乱の援助なんかして、爆弾テロの共謀なんかして、なんだ、太いやつだ、それでも、お前、日本の女か……なんて、怒鳴られる……ある時は、朝鮮人、と殴られた……前日、法廷に、チョゴリを着て出たからね……私の父は、私が生まれても、籍を入れてはくれなかった……でも、勝手に、ある日、叔父と結婚しろと、決めて来た……嫌だと言ったら、殴られた……娘は、完全に父親の操り人形になれ、って……ある夜、叔父に強姦された挙げ句、婚約を翌日勝手に破棄されてしまった……私は、耐えられず、ある日家出した……東京へ、出た、東京へ出れば、なんとかなると思った……でも、女一人の生活は、苦しかった、新聞の売り子、おでんや……なんでも、やった、手当たり次第、いろんな、仕事……でも、あたしは、勉強した、勉強したかった、そして、ある日、あなたに出会った……あなたは、朝鮮の独立めざして、闘っていた……私、あなたに見た、私と同じく虐げられ、いじめられ、足蹴にされ、奴隷にされ、操り人形、人間としては認めてもらえない、屈辱の、同じ姿を……私達、同志……同じ目的のために、生きる、人間同士……自由を求めて闘う、血の通った人間同士……あなただけが、私をわかってくれた、あなただけが、私を人間と認めてくれた、あなたは優しかった、私は初めて、愛を感じた、あなたの中に……本当の結婚、上面の形式ではない、真実の結婚、真実の愛……虐げられた者同士の、不屈の愛……不動の、愛……私、今まで、ずっと、虐げられて来た……少女のころ、養女になるって約束で、行かされた、朝鮮の村での生活も、ひどかった……私は女中扱い、殴られっぱなし……同じ家にいた、朝鮮人の奴隷と何ら変わらない……私、何度も、死のうと思って、線路をさまよい歩いた……でも、死ねなかった……死ぬ勇気がなかっただけ……私は、日本が嫌い、国家が嫌い、天皇が嫌い……反抗！　反抗しかない！　……反抗が、私の信念になった、私の人生を支えるたった一つの信念、たった一つの生き甲斐……反抗！　自由！　人間の、尊厳！　女の、尊厳！　愛の、尊厳！

　本当は、あなたと一緒に、死にたい……本当言うと、死ぬのが怖い……ひどく、怖い……あなたが一緒なら、私、簡単に、死ねるかもしれない……でも、あなたは、今、別の牢屋に移されてしまった……共謀すると、困るから、ってね……私、帯で首を吊ります……あなた、知ってる？　帯は、女の、命……あなたと、私を、永遠に繋ぐ、女の、命……チョゴリを着て死にたいけど、官憲が、奪ってしまった……今、もう、私の肉体は、死んでいる……だから、私は死んで、魂によって、生きる……魂となって、あなたと、共に、永遠に生きる……あなたの、腕の中に、あなたの愛の中に、私は、飛び込んで行く……あなたと一緒に、永遠の自由の中、永遠の愛の中に、私は、飛翔する……さようなら……庭の赤いつつじは、ギロチンの色……あなた……牢屋は、冷たいでしょう？　……ここは……ひどく、冷たい……

＊　本作品は関東大震災の混乱に乗じて「鮮人の保護」

のもとに拘留され、やがて治安警察法の下に大逆罪として死刑に問われた金子文子（一九〇三―一九二六）をモデルとしている。彼女は当時朝鮮の独立運動のために東京にいた朴烈と同棲、朴と共に運動に参加。彼女と朴の二人は大逆罪の宣告ののち恩赦として死刑は免れるが文子は獄中で二十三歳の若い命をみずから断った。

知覧

授業する前　先生ちょっとおしゃべりします
遅刻する人　いるからね
余計なこと言うなんて言わないでよ
あなたたち　知覧って知ってる？

特攻隊って言ったの　その飛行場よ
あなたたちと同じくらいの年齢の若い人たち
飛行機の操縦の仕方　習ったか　習わないかで
飛び立った　小さな戦闘機で　零戦かな？
敵の戦艦に突っ込むの　体当たり
でもハイスピードで走行している戦艦に
うまく体当たりするのは難しかったらしい
だって考えてごらん　零戦闘機もかなりの速度でしょ

ほとんどが撃墜されたか　海の中に突っ込んだ
おそらくは　飛行場に帰ることも出来なかった
みんな死ぬ目的で飛び立って行った
「おかあさん　さよなら　元気でね」

そう書き残して飛び立った隊員もいた
「きけわだつみのこえ」って本読んでごらん
知って欲しい　あなたたちと同じ年頃の若い人たちが

明日は死ななければならないという運命に耐えたこと
あなたたち死んじゃいけない　絶対に死なないでね

海の中で　今でも彼らは眠っている
いつか　いつか　きっと
彼らは蘇る　しあわせで安らかな毎日のために
彼らは蘇る　蘇って再び生きる　普通のやすらかな日々

ハイビスカスの赤い花

ガマと呼ばれていた
沖縄にたくさんある石灰石質の洞窟
地下に拡がっている
大きな鍾乳洞よ
中は暗闇
狭い入り口を入り
懐中電灯を点けて
滑らないように
頭を天井にぶつけないように
注意しながら　ゆっくり進んで行くと
広い空間があったりする
ある時は天井から水が滴り
下に澄んだ水たまりがあったりした

普段は近くの住民の食物貯蔵などに使われていた
そう　教えてもらった
でも
第二次大戦のときには　人々の避難所になった
やがて　戦いが激しくなると
住民は追い出され

野戦病院
あるいは敗走する日本兵の隠れ場所になった
あるいは　最期の場所に

中は漆黒の暗黒だった
地下の洞窟だから
光はない
暗闇の中
息絶えた兵士もいる
いまだ　遺骨が収集されてはいないとのこと
懐中電灯の光でよく見ると
遺骨が石灰岩に混じっている
おばさん　そう　聞かされた

あるガマでは壁に
傷痕があった
おそらく　集団自決の時の
手榴弾の痕

懐中電灯を消すと
まっくらなの
おばさん　叫びたかった
どこまでも　続く暗闇
この暗闇の中に
当時の沖縄戦の一コマがあったわけ
出口も明るい光もなかった
盲目の闇
地球の奥底まで続きそうな

おばさん　逃げたくなって
再び懐中電灯を点けて
細い道を伝って　急いで外へ出たの
そうしたら　ガマの入り口に
ハイビスカスの真っ赤な花が

一輪　咲いていた
外は沖縄の強烈な
眩しい光

おばさんは　外へ出られた
だって　観光のために入っただけだもの
でもね　かつて　入ったら
二度と出られない人たちがいた

ハイビスカスの赤い花は
おそらく　今でも咲いている

Ⅱ　マレーシアの友人

シンガポールの原爆資料館にて

なぜだかわからない
今　私は思い出している
シンガポールで訪れた原爆資料館を
もう十年くらい前
この頃　アジアでの日本の戦争責任の問題と
対峙する機会が増えたからかもしれない

国際的な詩の会では　我々が戦争や原爆に言及す
ると
かつての大東亜文化圏の植民地の国々から抗議が
出る

きつい　苦しい　でも　避けて通るわけには行かない
私は　日本人だから　日本人として生まれたから
戦争を知らない世代　そう言っても
逃れることの出来ない　それは使命

思えば　それは当然だ
砂糖菓子は詩ではない
海外の詩の会では　特に
そうは行かない
愛の詩でも　まるで違うような受容をされる
世界の平和への詩として

シンガポールでふと見つけて訪れた
原爆資料館
小さな展示場の入り口に
原子爆弾によるきのこ雲の写真が展示されていた
中に日本軍の残した遺物や
東条英機の自決未遂の写真が展示されていた
「日本は資源が少ない　それでアジア侵略に乗り出した」
確か英語でそう書いてあった
プリンス・オブ・ウェールズを沈めたのは
シンガポール沖　そうも教えてもらった
二千人のイギリス兵が海に沈んでしまった　とも
日本語の習得を誉める　小学生に与えた賞状も展示されていた

これは日本の植民地支配への非難の証拠品としての展示
隅に小さな部屋があり
中へ入り　ボタンを押すと
原子爆弾と同じ衝撃が伝わる仕組み

私は怖くて入らなかったけど
日本人の私の知人は実験して来た
ものすごい衝撃だった　とのこと
知って欲しい
この博物館は日本の原爆の被害を告発するのでは
　ない
シンガポールの　日本からの独立を称え　喜び祝
　うため
「東条英機の自決は失敗に終わった」
彼の血みどろの写真の下に　そう説明されていた
複雑な　アジア諸国との戦争責任の問題
複雑な視点を要求される
謝っても　謝っても
永遠に許してはもらえないだろう
でも　一方では　悲惨な原爆の被害者　死者
これも　永遠に語り継がれ　赦しはないだろう
　我々は

シンガポールの原爆資料館
まだあるだろう　あって欲しい
人間の残虐と暗黒と
人間の歴史の罪と悲惨を
永遠に暴く　黒い十個の太陽
焔の灼熱地獄

そこに地下鉄で辿り着くまでに
駅の切符売り場のおじいさんに　行き方を教えて
　もらった
「あっちのホームよ　こっちじゃない」
きれいな英語で親切に説明してくれた
二度ほど違う方向の地下鉄に乗ってしまった私に
思えば　おじいさんは当時かなりの歳だった

戦争も知っていたはず
私は日本人だと　確か言ったはず
鼻眼鏡のおじいさん
まだ
元気？
ありがとう

マレーシアの友人
――二〇〇六年世界詩人会議に参加して・於モンゴル

ヒロシマの大量虐殺
その詩集の説明ののち
ふと近づいて来た
マレーシアの詩人

会話の中に「怒り」と聴く
静かに受けとめたわが心
そう
日本軍のアジアでの
大量虐殺
言うまでもなく

原爆の
犠牲者哀れ
戦死者哀れ
でも我々の平和への願いと裏腹に
アジアからいつも
戦争責任の非難の矢尻が飛ぶ

原爆投下
それは韓国やアジアの国々では

独立の契機
国際社会での複雑な
平和の容貌
知っている
知って欲しい

マレーシアに来てよ
見て　今の私たちの国
私たち英語も話せる
私の家に泊めてあげると
彼女の言葉

Sorry と言っても言い尽くせるだろうか
癒しても癒し切れない
過去の傷
人々に語り継がれ
赦しても赦し切れない

暴虐の歴史
憎悪と悲しみ　そして懸命の愛の努力

今日もまた
世界のどこかで
大量虐殺が弾ける

彼女と二人
肩を並べて歩く
モンゴルの古いラマ教の寺院の
広い境内
今朝の雪が残る
寒い　北モンゴルの夏
二人で気楽なおしゃべり

カンボジアの地雷博物館

「地雷が埋まっています　用心して下さい
一般の観光ルートを歩いていれば大丈夫です
勝手に一人で変なところに行かないで下さい
危険地帯はそう標識がある筈です」
そう忠告されていた　旅行会社に
だから　そのつもりで出かけた

シェムリアップで　アンコール・トム
アンコール・ワットの観光を終えたあと
ガイドさんに連れていってもらった
まず「キリング・プレイス」要するに処刑場
女性や子供の顔写真もあった　犠牲者として　そ
して

地雷博物館へ　だいぶ郊外にあった
掘り出した地雷が多数テントの中に展示されてい
た
魚雷のような爆弾も
円盤のような金属は錆びている
中央にドーナツの穴があって
そこから金属の棒が伸びている
地中深く地雷を埋める

歩く人が知らずに　地面から突き出た棒を踏むと
バネで地雷が飛び上がる
空中で爆発し　金属が周囲に飛び散る
踏んだ者を殺傷する
子供がよく犠牲になるようだ
遊んでいて　間違って踏んでしまう

地雷博物館は
アキラという兵士が作った
小さなテント作りの博物館
彼は危険を冒して地雷を掘り出した
誤って踏んでしまったら　自分も粉々になる
彼の勇気と平和への奉仕に感動する

外では村の人々が太陽の下で円陣を組み
ゲームに興じていた
楽しげな人々の笑い声
聞けば　一種の賭事だという
その脇で水浴をしていた
足の下部が地雷の犠牲となった少年

カンボジア
長く行くことを願っていた国
でも　私は困惑している　今なお

現在の日本との距離の測定に
国際マーケットで安く値切った
血のようなルビーの指輪
今　それを見ながら思い出す
井戸の水で水浴をしていたあの少年

左足の下部がなかった
誰も気に留めようとはしなかった
話しかけようともしなかった
それが今でも　カンボジアの日常性なのか

ルビーの指輪は血の色
今　私はカンボジアの熱い霊を胸に抱く

Ⅲ　古い旅行鞄

古い兵隊日誌

――二〇〇九年九月世界詩人会議ハンガリー
大会に参加して

彼女は持っていた　黄ばんだ古いノートブック
私に　死んだ御主人のノートだと言った
六十年以上も前に亡くなった
第二次世界大戦で
小さなノートブックに書かれた
一兵士の毎日の日記

私は訊かなかった
どうやってその日誌を手に入れたか
私が知っていることは　ただ
彼女は御主人についての詩を朗読したことだけ
そのノートを胸に抱きながら

「何歳だったの？」
誰かが尋ねた
「三十二歳」と彼女は答えた
それなら六十年以上も　彼女はノートを
ずっと　抱き続けていることになる
いつも大事に慈しみながら

私は驚く　その歳月の長さを
彼女は九十歳を越えているのだ
いまだに亡くなった夫の魂を抱きながら
今でも御主人は三十二歳　彼女の中で
残酷だ　戦争は　残酷だ　兵士の日々は

残酷だ　戦争未亡人の日々は
彼女はかくも長くその人生に耐えて来た
毎年　彼女は国際詩祭に行き
詩を朗読する　名声など望みはしないで
御主人の追悼の詩を朗読する
彼女は訴える　戦争の悲しさ

「もっと英語勉強しなくちゃ」彼女は言う
九十歳を過ぎた老女
その意味をわかる人は少ない　でもいるはず
そう「英語」私はわかるわよ
私はわかる　あなたのたゆまぬ努力

彼女は毎朝　健康体操
六十年余りもの間の　一人の朝
でも　彼女は健康を保つために体操して来た

私達は上った　ブダペストの王宮の丘
「ほんとにきれいね！」彼女は言った
眼下に拡がる街の光景を見晴らしながら
ドナウ河が滔々と青く流れていた
彼女は若い少女のように喜んだ

リツコ　私も黄ばんだ兵隊ノートを持っているの
私の父の兵隊日誌　私に遺された父の遺品
もう父が逝ってから六年過ぎた
父は第二次世界大戦は生き延びた　でも
父はそのノートを家族には黙って保管していた
リツコ　私も同じノートを持っているの

黄ばんで古くなった兵隊日誌
普通の女の人生の中に　重く居座る

詩集『二つの島へ―ハワイと沖縄』（二〇一二年）抄

Ⅰ　島々

ハワイと沖縄

島1　ハワイにて

海が光る　ハイビスカスに燃える
かなしみは沈む　白い十字架
島は抱く　湾の波　青さ　太陽

島2　沖縄にて

海がそよぐ　ブーゲンビリアの面影に
歴史は泳ぐ　太陽に灼かれる
若い詩人は歌う　神々の鎮魂

ハワイ本島のオアフ島へ行ったのは二度目である。一度目は一九七八年、一年間の米国ボストン滞在を終えて家族で日本へ帰るときにハワイへ寄った。九月末であった。

二度目は二〇一一年十二月一日、ホノルル市内のインペク大学での日韓交流会のために私は単身成田からホノルルへ飛んだ。ホノルル国際空港に到着したのは時差もあって二日前である。すなわち十一月二十九日。

ホテルへ着くと私は間髪を入れず真珠湾ツアーを申し込んだ。運良く当日のツアーに紛れ込んで私は多くはアメリカからの観光客と推定されるツアー客とミニバスに同乗して英語での真珠湾ツアーに出かけた。日本人は私ひとり。

真珠湾ツアーはカメハメハ大王のブロンズ像などの行程も含まれていたが、中心はあくまで例の真珠湾攻撃の遺跡めぐりである。パールハーバー・ビジターズセンター（ツアー前に解説映画上映）、アリゾナ記念館、戦艦オクラホマ記念公園、戦艦ミズーリ記念館他を回る。

米戦艦アリゾナ・米戦艦オクラホマ・米戦艦ミズーリ。一九四一年十二月八日早朝、日本海軍は真珠湾を攻撃。死者多数。

戦艦アリゾナは沈められたままでその上の海上に現在は平和記念館が造られている。白い建物である。戦艦アリゾナと交差する形・すなわち十字形の設計。館内には訪問客が一杯で、壁にずらりと刻まれた戦没者の名前の前には兵士が立ち、花々が置かれ人々が黙禱していた。私は沈められたアリゾナ号をガラス壁から覗いていた若い観光客と英語で会話して歩いた記憶がある。しずかであった。今、南国の太陽に照らされる記念館の壁の白さと青い海の印象が残る。

那覇へ飛んだのは二〇一二年一月十七日である。沖縄へは既に何回か来ている。初めての訪問はハネムーン、新婚旅行であった。戦跡ツアーに参加した。観光バス。当時は首里城は破壊されたままであった。守礼の門はガタガタのままで門の形だけがようやく立っていた。

空港からはゆいレールが走っていて快適に目指す

駅まで運んでくれる。県庁前駅で降り見つけたスターバックスの珈琲店で屋外テーブルを独り占めして珈琲を早速楽しんだ。これも一人の孤独の満喫。あたりを見回すと国際通りの入り口が見えたので当日は国際通りを散歩して牧志公設市場の二階のいつもの食堂で遅い夕食を食べた。ゴーヤチャンプル！

今回の那覇訪問は沖縄詩人からメールで琉球大学の図書館の地下多目的ホールで沖縄詩人を集めた詩朗読会があると知ったからである。沖縄にまた行きたい。だが氏には前もって告げずに内緒で翌日、即参加した。琉球大学での沖縄詩人朗読会では二十代の若い受賞詩人が多く瞠目した。さすが！　若い沖縄。

国際通り入り口が見えるスターバックスの珈琲店で那覇の夕風の中で珈琲を飲みながら、初めて沖縄に来た当時を思い出していた。返還直後でビザを取った記憶はない。もう四十年も前だ。内地の人間に要求される通り、だいぶ戦跡を回った。ガマ・ひめゆりの塔・摩文仁《まぶに》の平和祈念公園・いくつかの沖縄戦の資料の展示館、他。

今、ゆいレール周囲の那覇のビルはハイカラだ。

沖縄戦の戦没者を追悼する摩文仁の平和祈念資料館は今、なぜか私にはアリゾナ記念館と同じく白い。公園内の戦没者墓苑からも確か海が見えた。あ、沖縄の海、そう思いつつ眺めた。遠い記憶。

ブーゲンビリアとハイビスカスの花の印象。燃える赤・濃いピンク。二つの島に同じく咲いていた。

それは発見であった。

Ⅱ　二つの島・二つの詩朗読会

ホノルル　インペク大学

二〇一一年十二月一日
ホノルル・インペク大学
第二回日韓「詩と音楽のゆうべ」
一三一一　カピオラニ通り
駐車場で　車から降りる
エレベーターで上がる
旅行用カートにリュック　荷物は多い
和服一式入っている
エレベーターのドアが開く
降りる　右へ歩く　人の群れ
東洋人　安心して近づく
韓国語だったか　英語だったか
日本語で尋ねたか　もう記憶にない
とにかくわかった　ここだ
中央に大きなスペース　花が飾ってある
左右に小さな部屋あり　既に食事が始まっていた

ずらりと居並ぶご馳走　韓国料理だ
でもまず　着替えてしまおう
奥の部屋を開ける　キダリセヨ
待ってください
部屋には板や水ボトルの箱など
要するに　舞台裏だ　気にすることはない
でもドアが閉まっているのを確かめ
荷物開けて　まず足袋を履く

日本から持参の和服　小紋
大きな花が描いてある
何の花かわからない　でも
桜ではない　なにかの花と思ってくれればいい
さっさと着る　舞台裏での衣装替えには慣れている

この着物が好きだ　なぜかわからないけれど

はい　着ました　草履を履いて部屋外に出る
他の荷物を別部屋に置く　ハンカチを出して
いざ　食事　いただきます　キムチも
焼き肉　揚げ物　豪華版　カンサハムニダ
イルボンとの言葉をしばしば聞く
東京に住む　韓国詩人の友人も演奏用ドレスで
既に座っている　薄物の黒い布地にバラの刺繍
豪華ドレス　さすがミュージシャン

彼女　東京の音楽大学を出た　卒業した
彼女の集めてくれた　在ハワイ・韓国詩人の
挨拶が嬉しい　韓国風が嬉しい
ハワイでの韓国の夜　外は暗くなる

イルボンとの言葉を胸に
ホールに座る

年輩の詩人が多い　カジュアルな洋服姿が多い
でもチマチョゴリを着ている詩人もいる
年輩の詩人が多い　あとでその理由がわかった

彼ら・彼女たち　日本語でもわかる
日本語ができる
でも私はつたない韓国語練習カタコト
英語も混ぜる　ありがとう　サンキュー　です

詩集『嵐が丘より』（二〇一四年）抄

〈回想　そのⅠ〉

嵐が丘より

北の国から帰ったおとことの共棲生活を始めて一年余り経った。おとこは嵐が丘に住んでいた。おとことことは実はわが夫である。宮城県は仙台の中山という小高い丘《ハイツ》に夫の公務員宿舎はあった。だが夫がかの東日本大震災に遭遇したのはその丘ではなくて平地にある大学の研究室であったらしい。そういわれてもやはりおんなは嵐が丘で夫がかの暴風雨と大地震に耐えたと思わずにはいられない。

あるときおんなが千葉でも地震は大変だったと愚痴をこぼすとおとこの顔が不平となった。そんなもんじゃなかったんだ——？？？

確かにマグニチュード9の数字は千葉の震えどころではなかったかもしれない。でも千葉でも大変だったわ、津波も来たのよ、死んだひともいるの

……食糧？　水？　電気？

たしかに地震後、千葉のスーパーには一時食糧品がすべて無くなったが冷蔵庫に残った食糧やカンヅメなどの利用でなんとか飢えずにいたし、食糧は十分ではなかったが今思えば何とか食い繋いでいた。千葉生協では初めは注文した品の欠品ばかりであったが時間が経つうちにだんだん欠品の数が減って行ったことはたしかである。水は出た。電気は点いた。並ばなくても食糧は買えた。停電

も続いたが。停電の真っ暗闇の中で懐中電灯を立ててスパゲッティを茹でて息子と食べた。今考えると私たちは幸せだったのかもしれない。ですが……千葉でも死んだ人はいます。大変だったのです。

黙る・怒る……たった二度のおとこの表情におんなは宮城の地震・津波被害の大きさと激しさを思う。それ以上はもう語らないでおこう。やさしくありたいと思う。だがそれは理想である。ついおんなは夫に愚痴る。狭い日本の家屋では鼻突き合わせて生きる他はない。漫才やろか?

おとこが北から帰って来たのは停年になったから退職したのである。退職前に幸か不幸か災害に出会った。北の丘から帰ったおとことの生活の始まりは大変であった。初めはおんなは愚痴ばかり。部屋中に山となった荷物の整理、今までほとんどおんながひとりで使用していたが今はもっぱらおとこの研究室代わりになったダイニングルームは狭い。狭いわよ、どいてよ、と言ってもおとこは初めはほとんど一日中部屋にいた。その代わり、初めは夫はユニークな単身赴任料理を作ってくれた。大皿に山盛りの炒め野菜とフライパンで炒めた味噌漬け魚。嬉しかったがでも今はもっぱらおんなの即席料理に逆戻りした。

一日中点いているミステリー番組のテレビの音にも慣れた。ただひとつ慣れないことがある。冷蔵庫にいつのまにか頼みもしないのに一杯・満杯の食糧品である。肉野菜が山と押し込まれている。一体誰が食べるの? 私は夜学の教師もしていて食べて帰りたいこともあるのよ——文句を言っても無駄である。買い物が夫の趣味道楽と諦める。

まあ……その苦労はわかる。食糧を運ぶ道路が一時完全に途切れたとの説明。いつか聞いた。いつだったかはもうおんなは覚えていない。

ここも嵐が丘だ。再スタートの老いた夫婦の二人三脚は楽ではない。日常生活の嵐。とんちんかんはあるが笑えない。老いと停年と新しい出発。更なる老いへの覚悟。おとこの停年の出発に宮城の地震と福島原発が交差した。

自然はきつい。にんげんはせめてやさしく生きよう。生きたい。それがおんな・私の自然への復讐だ。それがわかるとおとこのやさしさが帰ってくる。帰ってくると思う。

〈やさしい歌のために〉

影

あなたの　影が
やさしく漂うとき
海に帰りたいと
私は　思う

やさしい海
おとうさんの懐のような
海がどこかに
あると　思う

にんげんの悲しみ

人間の涙を
波が　拭う
あなたの影を慕って
千鳥が　飛ぶ
悲しみが　羽ばたく

花の影

花の影を踏みたい　昔
あなたの影を踏んだように
そっと気づかれないように

やさしく　やわらかに踏む
私が　まるで影のように
いのちが　毀れないように

露が落ちる
朝　水晶のように
ほろほろと
光りながら　転がる

私は泣かない　もう
花のやさしさを知ってしまったから
影のおだやかさを知ったから
明日の朝　光の露がせかいを満たす

火の鳥への祈り

火の鳥よ
今蘇れ
翼を拡げ

天高く
飛翔し飛べよ
飛び尽くせ

火の山よ
火を吐け
天に雲焦がせ

われら鬼
餓鬼となりつつ
地上這う

そのわれら
いざ今汝と
大空へ

われらまた
火と化し憤怒の
大地を焦がさん

雷神の
怒りも瓦礫も
火と燃やせ

浄土なし
この世無残の
この今に

火の鳥飛べよ
蘇れ

詩集『火祭り』（二〇一六年）抄

I

河童の話

わたし人間の女です
小野小町って言われます
ほら　見てね　でも
もう　人間であることが
嫌になりました

核兵器造ったり
おばあさん騙したり
人殺したり
ミサイル発射したり
小さな国の人々いじめたり

それなのに　自分は
動物の中で　一番偉いと威張っている
はい　ですから　わたし今日限り
人間稼業を　きれいさっぱり廃業して
今日から河童になりました

里裏の河童祠にお願いしたら
河童の神様が河童橋を渡って来て
女の河童にしてくれました
おかっぱ頭　尖んがり口　背中には甲羅
頭の上にはお皿　指の間には水掻き

山里流れる　澄んだ川水に棲みます
お臍《へそ》を下に　甲羅を上に

水搔き使って　すいすい　すいと泳ぎます
食べ物は胡瓜です

はい　河童は殺し合いなんかいたしません
騙し合ったりも　いたしません
清い　清い　澄んだこころで生きています
山の煌《きら》めく清水の中で

でもあら　どうしましょうわたし
人間の子供に胡瓜で釣られちゃった
またまた　人間俗世界に逆戻り
子供のお母さんにされちゃった

かっぱ　つった　りっぱ　やった！

少年少女漫画劇場

皆さん　皆さん　いらっしゃい
小母《おば》さん始める　漫画劇場
終わったあとで　飴ひとつ
買って行ってね　さあさ　始まり

猿飛佐助

忍者というひと初めて知った
真田幸村　侍　武将
彼に仕えて　正義のために
弱きを助け　民を助ける

危ないときは両手をそろえ

指を上向け　ドロンと消える
黒装束に顔隠す
目だけ迅速　いざ　ドロン

真田幸村　豊臣方よ
あとで知ったは　歴史の授業
桐一葉　落ちて天下の秋を知る
散った桐の葉　民憐れんで

忍者立ち上げ　夢飛ばす
猿飛佐助は　今も空跳ぶ

赤胴鈴之助

初めて知った　北辰一刀流
剣術達人　子供の夢の
鈴の模様の着物も映えて

赤い胴とは今知る　鎧

悪い奴らを懲らしめる
正義のために　これ悪者よ
わたしの刀を受けてみよ
町を乱せば　わが剣光る

髷《まげ》も鮮やか　住む長屋
母親と　二人の暮らしは
つつましく　いつも忘れぬ
母親孝行

着物仕立てて暮らしを立てる
母の恩を赤胴忘れず
鈴鳴るわが剣　いざ受けてみよ
少年活躍　北辰流の子供の夢よ

月光仮面

初めて知った　アラーの使者で
アラーの神の名　知りました
忍者じゃなくて　アラーの使者よ
悪者懲らし　弱きを助ける

屋根を飛び越え　ヒラリ門越え
月光背に受け　白装束よ
我が名は月光　月光仮面
強い人間　あこがれた

そう弁明の作者のセリフ
今なお忘れず　テレビのおかげ

宮本武蔵

去年旅した門司近く
巌流島がありました
小次郎決闘　夢に鮮やか
燕返しの長剣は敵

いざや　決闘　巌流島で
小次郎負けたり！
燕返しは鞘捨て去った
剣道極意を子供に教えた

宮本武蔵の二刀流
京都　一乗寺下り松
境内　吉岡一門決闘のとき
道が狭くて　相手は大勢

自然に編み出す　二刀流
手は二本なら　剣二つ

両手使うは　武士道極意
吉川英治　小説《フィクション》の夢

リボンの騎士

こちらは女　少女向け
リボンの騎士の駆け走る
騎士道　今に　われに来る
リボンひらひら　恋敵散らす

大きな帽子は蘇る
マイフェアレディの被り物
ヘップバーンの華麗なキャリア
それ戦えよ　リボンちゃん

II

ほうずき＊・法頭巾

浅草のほうずき市より直送と
カタログ読んで母にすぐさま
夏贈り物

ほうずきの木
鉢植え豊かに実を垂れる
今着いたわよと母から電話

母の声弾む
わが胸弾みて思い出す
遠き夏の日ほうずき遊び

皮剝けば
坊主頭に赤い袈裟
坊様撫で撫で種を抜く

お坊様潰《つぶ》しちゃだめよと
祖母の声
大事に撫でてもすぐにパンクす

夢淡き夢の叶《かな》うは難しと
渡る世間の教訓悟る
子供ごころに人生目覚め

やがて上手に坊様の
尊き頭から袈裟離す
ほうずき実の皮夕陽に映えた

ほうずき色は赤でも橙
黄色でもなく
そうだあれこそ夕陽の色だ

夕陽照り火照りし頬に
熱き胸　ほうずき唇
鳴らした子供

鬼ごっこ走り回りて
鬼から逃げる
われをストップほうずきの木

まだ枯れないわ
喜び報告母の声
毎日水掛け母の気遣い？

撫でよう撫でよう

坊様撫でよう　頭の赤く
照り映えるまで

鳴らそう鳴らそう
ほうずき鳴らそう
音の流れる昔の今に

法頭巾《ほうずき》に浮かぶ子供の
われの日々
いじめに泣きて坊様なぐさめ

そうだこの今気が付きました
坊様隠す赤い葉覆い
剝けば赤袈裟　そのまま法頭巾

どちらも赤く
燃えてる焰

＊　ほうずきは、漢字では普通には鬼灯・酸漿と表記されているが、頬付き（ほほづき・ほおづき）あるいは文月（ふづき・七月）がほうづきと訛って綴られるようになったとの説もある。私は本詩では勝手に法頭巾（ほうずきん）の訛と解釈し「ほうずき」と記した。

河

私の中にいくつもの
河が流れている
いつも流れている

ライン河　ドナウ河
黄河　荒川
多摩川　メコン河

ガンジス河　ハン河
神通川　リフィ河
テームズ河　セーヌ河

江戸川　大井川
チャールズ河　ハドソン河

多数のもう名を忘れた河
その名を尋ねなかった河

河の両岸にいつも　大きな都市があった
都市を訪れ河を眺めた　いつも橋があった

渡った橋　眺めただけの橋
過ぎただけの都市　住んだ都市
滞在した都市

私の河はみんな　滔々と流れていた
ある河は空を映して青かった
みんな海に行くのだろう

でも私の中でこだわり続けるものがある
世界の河は必ずしもみな澄んではいない
緑藻や黄土や黄砂や塵芥に濁る

どうしてわれわれは
透明な水にこだわるのか
アジアの河はしばしば濁りに濁る

飲めない
黄河は黄土色
メコンは確かに赤い濁りだ
ガンジスには死者の灰が浮かぶ

私はなぜか河の水の汚濁が好きだ
濁りに濁った河が好きだ
汚濁の汗に
どっぷりと浸かりたいと思う

私の中でいくつもの河が
いつも一緒に流れている
一本の大河となったり
多数が同時に流れていたり

どの河も私は愛する
どの河も思い出を映す
私の人生と共に流れ来た
私の河　でも

私のいとしい河の
思い出は
なぜかいつも
美しく
濁っている

詩集『新梁塵秘抄』（二〇一七年）抄

第一部・旅人

永遠

永遠を摑もうとして
男は屋根から落ちた
永遠を摑もうとして
女は竈の火で火傷した

永遠
摑もうとすると復讐する

でも　ちょっと待って
永遠はそこらじゅうに転がっている

使い古しのコップの中に
欠けたお皿の中に
庭先の見慣れた木の中に
赤ん坊の丸めた掌の中に

わたしたちは永遠の中に生き
永遠の中に死ぬ　でも
生命が果てても
永遠の中で息をしている

盛夏

房総の地図は今

私にはない
ただ地平線まで届く
金色の稲穂の波の海と

耀く緑の森と山がある
目を見張る　緑に燃える木々
緑の帽子がこんもり佇む

車でひたすらに走った
房総半島の道程《みちのり》
わたしの中で位置はない
わたしが走ると位置が出来る

盛り上がった緑の山々
その麓に友の家はある
行方を尋ねなかった
走り去る過去

半島の向こうの海の記憶

秋

大きな銀杏の老木を仰ぐ
幾層もの黄金の葉
ふさふさと金色の髪の神
豊かな髪を微風に揺らす

授業の合間の一時《ひととき》
学生と共に憩うベンチの片隅
夏の喧噪は去った
夏の神は縞蚊の風貌をして

代々木公園を襲った

渋谷駅前で傘を飛ばした　獰猛な野分
さようなら夏の日　もう来ないでいいわ
私達に平和を　束の間の憩いを

世田谷に秋が来た
東京にも秋がある
銀杏はやがて葉を落とす
黄金の金貨に埋まるキャンパス

時雨　晩秋
素早く濡れながら　私は
家族の団欒を夢見る
顔の雨滴は涙ではない

帰る
――ロバート・フロストを偲んで

帰ろうか？　北のあの地へ
林檎の花が咲く　春
冬には雪が　街を畑を　木々を抱き
音を静かに吸い込む

一日の労働は終わった
野良着を脱ぎ捨て
椅子に座り込む
おじいちゃんが作った木の椅子

おじいちゃんが現れる
林檎の収穫は終わったよ

もう雪を待つばかりさ
くず林檎で林檎酒を作ってくれ

林檎ジュースもな
こんにちは　おじいちゃん！
丸太作りの農家
暖炉に薪をくべる

パチパチと音を立てて
薪は燃え始めた
外は凍える　吐く息は白い
もう　クリスマスは近い

そうだ　明日　見に行こう
積もる雪を馬で蹴散らして
雪に埋まった野の井戸を
あなたの詩の中の風景

おじいちゃん　帰ります
明日も　あなたの元へと
あなたが収穫した
林檎の山へと

遠い雪の井戸へと
あなたのように
馬を駆って

＊　ロバート・フロストに詩集『ボストンの北』がある。ちなみに筆者はほぼ四十年ほど前、アメリカ東部のボストンに居住。またほぼ一週間前に日本の北、青森に詩の朗読会で行って来た。青森の林檎は明治政府の文明開化の農業政策であると知った。輸入した林檎の苗木を育てた。

草原《くさはら》

ポストの赤いボクスへ
郵便を出しに行く　帰る
その途中　マンションの
二つの棟の間を通る　近道

小さな草原
草を刈る人もいないのか?
雑草の名は私は尋ねない
ネコジャラシ?　スズメノテッポウ?
なんでもいい

でも刈られず拡がる
自由にはびこる草がいい

踏まないように行く　帰る
雨の日は草は水に浸る
雑草だから気にしない

草原を渡るとそこは自転車置き場だ
手紙をポストに入れて帰る
雑草を歩き過ぎると　そこは駐車場

私の草原
日常の匂い
生活の草
雑草のように生きろ
そう父は言った

父の面影が
マンションの刈り残りの
雑草の中で

そっぽを向く

十月の詩
——カリフォルニア・オークランドにて

はるばると飛んで来た
私は今　カリフォルニアのオークランドにいる
四年ぶりの　アメリカの会員と一緒のアメリカ翻
　訳者会議
束の間の昼休み
会場のホテルの前　ホテルのビルは空へ聳える
青い空　澄んで　太陽がまぶしい
十月の光
一時の休息　ホテルの前の小さな空き地
木陰に立って　止まるタクシーを眺める
バスの停車を見守る
交差点の向こうに　桑の並木を見つける　見つめ
る
桑港《そうこう》という呼び名を思い出す
桑港　サンフランシスコの古い地名だ
日本人の移民のための
アメリカでの生活を求めて　彼らは海を渡った
ここはオークランド
カリフォルニア
樫《オーク》の地
桑と樫の関係はいかに？
アメリカは自然の国だ
私が訪ねた街のどこにも　並木通りがあった
ソウル　北京　東京　シアトル

パリ　バーデンバーデン　上海
鬱蒼と茂る葉の重なりを眺めて過ぎた　下を歩いた
ほとんど何の木かその名を私は知らなかった

でも　並木は車道と歩道を分け
私はその街の人々と共に歩いた
急いだ　散歩した
ひとりでもさみしくはなかった
さみしがる暇などなかった

今　私はオークランド　ひと時の休憩
ひとりの気楽だ　彼方の桑の並木を再び眺める
端っこの一本が斜めに立っている
剪定されずにそのまま立っている
なんとなくうれしい　いかにもアメリカらしくて

あは！　私も今　移民　つかの間の　移民
でも　斜めに立つのではなく　まっすぐ立っています
カリフォルニアの十月の太陽は　きつい　熱い
空は澄んで　金色の光があたりに満ちる
空気は乾いて　寒くはない

翌日　ひさしぶりに出会ったベトナム系の友人と
二人で歩道を東に歩いてベトナムレストランに行った
ベトナム麺のランチ　スープヌードル　日本風味付けと
友人はウエイターにベトナム語で言ってくれた
豪華な昼食ランチ！　ありがとう！

桑港
日系移民の生活が繁盛した場所

彼らが初めて降り立ったアメリカの港
長い船旅のその果ての
夢の地　桑の並木を名前に残す

アメリカの夢を求めて海を渡った
何人かはアメリカの市民になった
何人かは苦難の人生を送った
なに　東京でもどこでも同じよ
アメリカは　私の和歌を抱きしめてくれた

アメリカ　カリフォルニア　オークランド
樫の神木の名前が付く街と
桑の並木
私の十月　空気は乾いて　澄んだ空から
熱い金色の光

桑港の
古びた歌を聞きたい

第三部・ヒロシマの折り鶴

ヒロシマの折り鶴

ヒロシマに
折り鶴が飛ぶ
十羽　百羽　千羽と
ヒロシマの空を覆い尽くす

平和の鐘鳴らせ
空高く
鐘の音に乗って
折り鶴が飛んでいく

ノーモア・ヒロシマ
核兵器を廃絶せよ
なぜ　愛は地に満たず
憎悪だけが生きるのか
小さな者たちが苦しむのか

折り鶴が飛ぶ
子供達が
わたしたちが折った
千代紙で
千代紙は永遠の紙

雲一つないヒロシマの空に
二度と汚してはならない空に

韓国旅行のあとに　——煎餅とソウル

いつものように
ソウルがあった
いつものように
街の雑踏があった
人々が行き交っていた

海外の人々との
なつかしい出会い
ドイツで　そしてどこだったか？
でも再びソウルで出会った
ソウルは国際都市だ
人々のやさしさと礼儀

私たちがいつのまにか忘れた
日本が　アジアがある　ソウル
ビルは東京よりも居丈高　モダンだけれど
車の喧騒は東京を上回るけれども

昨年　東京に来た韓国の友人に
私は煎餅を二枚送った
ハンカチに包んで
結び目を解いて見たお煎餅に
皆　笑ったそうだ
なんとかケーキならよかったのかしらん？
それともクッキー？
でも　ソウルの友人夫妻は私を招いてくれた

あら？　知らないの？　お煎餅は
日本の民衆のお菓子
千葉の野田の名産物です

お醤油も千葉の特産品
おそらくは……韓国にも同じようなものがある
そう私は企んだ
餅はおモチ　韓国ではトクと云う
お餅は韓国にある　食べる
英語ではライス・ケイク

お餅を火であぶって焼いて作るのよ
お醤油に浸すの　千葉の名産

ありがとう　お煎餅のギフトをわかってくれて
チマチョゴリの貸衣装のお店に案内してくれて
あなたと行った韓国の民俗村は　藁で葺かれた民
　家で一杯
土の竈　日本の民俗村にもある　今では贅沢な薪
　の焔
釜で焚くご飯　紙の障子窓　板敷の床　四畳半く

らいのスペース
畳まれた布団　寝起きには十分だ
吹き曝しのソウルの　寒い春
大統領の交代の日には　ソウルに滞在
あの少女の像を思い出す　今
なぜか？　昔の日本のあどけない少女の面影を宿
す
不思議です　どうなるのかな？
前日　雪が舞った　ソウルの街並みに
裏町の路地はなぜかなつかしい
いつか来た道　私にとっては
いつ？　おそらく
私がおかっぱのちっぽけな少女のころ
初めて着物を着た　おばあちゃんが縫ってくれた
赤いおべべ

（二〇一七年三月七日から十一日までソウルに滞在）

連嶺の雪

いざ生きむ
いつか見た　連嶺の
白き雪のために
いざ立たむ　麓にありて
わが顔を叩き　目をそばめゆく
凍える　雪の霰《あられ》の
真白き幕屋を破りて
われ　真白き連嶺を愛す
白き　降雪を愛す

神よ　いつの日か　天にありて
小さきわれを　抱かむ
われ　今　うずくまる背を起こし
真白き　嶺を仰ぐ
われ　今　これに立つ

第四部・愛のブランコ

あなたは……？

あなたが風だった時
わたしは雨だった

あなたが雲だった時
わたしは海だった

あなたが雪だった時
わたしは貝殻だった

あなたが魚だった時
わたしはバッタだった

わたしはいつも
あなたの　永遠の　ノー！

わたしたちの
愛の生活

あなたは　空
わたしは　大地

だってあなたは
永遠の　イエス　だから

あなたは風？
わたしを吹き飛ばす
獰猛な　風？

わたしは
口笛

ブリューゲル「農民の祭礼」

ダイニング・キッチンの壁に掛かった
ブリューゲルの絵の複製
何年か前展覧会で買って来た
夫はいない　子供は出かけた
たった一人になった朝
じっと眺める

ざわめきが聞こえる
たくさんの農民達
今日は婚礼の日
ボドフの息子と村長の娘が結婚した
めでたい　めでたい
踊ろう　みんなで
歌を歌おう
手を叩け
あぶった羊の肉が出る
酒が出る
おどけた若者達が飛び跳ねる
私も道化
まだらの道化の服を寄越しなさい

まだらの私も踊って回る
群衆のどよめき
笑いは渦を巻く
踊り回ろう　ぶっ倒れるまで
農民達の踊りの中
太鼓腹の男が
おなかを抱えて大笑いする
やがて一人の若者が
私をさらって疾走する

部屋は彼等で一杯になる
ブリューゲルが乾杯する

エッセイ

松井やよりさんと帽子

昨日、二〇〇二年十二月二十八日、夫からの知らせで松井やよりさんの死を新聞で確認した。死因は肝臓癌。二十七日にお亡くなりになった。彼女は元朝日新聞の記者で、女性問題、特にアジアの女性問題に取り組んだ、知る人ぞ知る世界的な女性問題の活動家である。韓国における日本軍の慰安婦問題に気づき告発したのは、彼女が最初である。松井さん自身からの話によると、一九七〇年代に、日本人男性による韓国のキーセン観光を調査していた途上で、韓国側の女性たちから旧日本軍による韓国女性への強制売春の存在を聞かされた。それから始まった、とのことであった。

本年、すなわち二〇〇二年八月二十一日から二十八日まで御一緒したモンゴル・ツアーではまことに御元気で、馬に揚々とお乗りになり、早足までなさっていた。ツアー終了後、成田空港で再会を約してお別れした。その後、だが一ヶ月くらい経って、アジア女性資料センターから松井さんが末期癌に冒されているとの通報を受けた。彼女に最後のさよならを言うために彼女の広範な知人たち皆で集まった「松井やよりさんの健康回復を願う友人のつどい」が、今、資料で確認すると十月二十八日である。モンゴル・ツアーで御一緒しただけなのに、幸運にも私は招待状をいただき、当日夜、会に駆けつけた。真っ赤なジャケットをお召しになっていた松井さんは思ったよりお元気に見えた。多数の方のスピーチ、メッセージのあと（宇井純氏からも、伝言が届いた）、最後、会場一杯の参加者の真ん中を退場する松井さんに、私は隅から懸命に手を振った。彼女は気が付いて、手を振り返してくれたように思う。それがこの世で彼女に会った最後になった。その後、私は翻訳詩集『現代アイルランド詩集』と『現代アメリカ黒人女性詩集』（双方、土曜美術社出版販売発行）を、丹波雅代さん（アジア女性資料センターで松井さんと共に御活躍）にお渡しし、松井さんに届けて下さるようにお願いした。『現代アメリカ黒人女性詩集』所収のマヤ・アンジェロウ作の「それでもあたしは立ち上がる」という詩を彼女が読んでくれたかどうかは、だが伺ってはいない。早すぎる死の報であった。十月二十八日の会ではお元気そうであった。だが後から考えると、やはりつらかったと松井さん自身がどこかでおっしゃっていたようにも思う。

松井さんとはほぼ一週間のモンゴル・ツアーでいろいろお話を伺う機会を得、また一度か二度、朝食を御一緒した。私が大学で英語を教えていること、翻訳詩集やフェミニズムのエッセイもあることなどをお話ししたら、「文化係ね」とおっしゃっていただいていた。ツアー中では彼女は時々、私を凌ぐ英語力をお見せになり、驚嘆した。また、モンゴルにおける少女売春の調査のために深夜御一緒した「マルコ・ポーロ」（深夜キャバレー？）訪問では、帰りのタクシーに同乗させていただいた。その折、私は「マルコ・ポーロ」で見た少女たちの踊り（裸）に驚嘆し、「ムーラン・ルージュよ」と言ったら、「あんた、何言ってるの。あの娘たち、あとで売春するのよ」とたしなめられた。一晩で彼女たちの稼ぎは五十ドルだそうである（ちなみに、モンゴルの人々の平均月収は百ドル）。また、ツアーの一夜、ゲル（遊牧民族の住処）にて彼女からお聞きした、クロアチアかセルビアでの、敵軍男性による現地女性へのレイプ、そして胎内に宿った子供を味方の男性が母親と共に殺してしまうというお話の後、私は気分が悪くなり、ゲルの外へ出て吐いてしまった。だが今考えるとそれは、その日の昼に他のゲルにていただいたモンゴル特産の飲み物のせいであったようにも思う。また、ツアーの終わりくらいには、私はユニークな女との誉め言葉（？）を松井さんからもツアー参加の他の方々からいただいてしまった。それはある日、私が着ていた服のお蔭でもあったようである。私は日本で買ったインド製の薄い綿で出来た、紫の小さな絞りのあるパンツ（ズボン）に、同じくインドの木綿製の黄色系で白い大きな絞り模様の薄地のブラウス、それにドイツで十マルクで買った濃い田舎ピンクのジャケットを着ていた。だが、その私の「ユニークさ」に、松井さんは近づいて来て下さったようにも思う。「私と同じ」というお言葉を、当時お聞きした。

思い出が一つある。ツアーも最後になり、明日、日本へ帰るという日、松井さんの提案で小型バスはその日の日程が終わった後、一路郊外のスーパー式土産物屋へ向かった。そこで私たちはいろいろ店内を見て回ったが、私はモンゴル製のウールで出来た帽子を見つけた。ツノが生えている面白い形の帽子で、今考えるとカタツムリの形だったかなとも思うが、ひさしがなく丸い、なんともシュール的な奇妙な帽子であった。「ほら、これ」と、私は松井さんにお見せした。私達は鏡の前に行き交互に被ってみた。まさにユニークそのものの帽子で、最後まで、私は、買おうか、とためらったが、あまり奇妙奇天烈なので結局手放した。松井さんも鏡を随分ご覧になっていらしたが、結局お買いにはならなかった。現在、私はそのカタツムリの帽子を手放したことに悔いを深く感じている。日本ではあんな帽子は見たこともないし、また、あったとしても高価に決まっている。だが、その悔いがなぜであるかを私が明確に理解するには、私の中でもっと日時を要するだろう。


松井さんはユニークさを、生涯、身を持って生きた。「右翼に狙われているのに、真っ赤なドレスを着て現れる、困る」と、前述の会の参加者の男性の一人が愚痴っていらした。会の参加者の中にはたくさんのボーイ・フレンドがいらした。恐らく皆、壮々たるキャリアをお持ちなのだろう。松井さんは「ある男性と、心中を考えたこともあると、女のお友達の一人が、私達にそっと、しかし声を大にして教えてくれた。朝日新聞の立川支局に勤めていらした時、何かの芝居に女工として参加し演じたこともあると、御本人から直接伺った。ユニークな女の、ユニークな見事な生涯を、松井さんは私達に残してくれた。

モンゴルツアーから帰ったあと、松井さんに参加すると申し上げてしまったアジア資料センター関係の法廷闘争傍聴やシンポジウムに、私はデスクワークの忙しさのためにやむなく欠席してしまった。それはだが、また、松井さんにこれ以上近づくのは教員の仕事と文筆業のために、ちょっと私が時間の問題でためらっていたためもあるかもしれない。私は実は英語で喧嘩をすることにかけては、日本の女の中で松井さんの次の、五本の指の中に入るだろうと自負している。あんた、ちょいと、フイリピンに同行してよ、鞄持ちをやってよ、と言われたら行きたい。だが、教員の仕事と文筆業との間で、時間的に板挟みになるだろう。そしてまた、いくら法廷闘争をして、あるいはいくら慰安婦の方々に賠償金（民間ルートの筈だ）を払ったところで、彼女たちがかつて受けた心の傷は、決して癒されることはないだろう、ではどうしたらいいのかという問題に対する答えを、私がいまだ見出すことが出来ないでいるためでもあるかもしれない。その問題は、現在、私の中にいまだとどまっている。だが、ある日、私は突然アクティヴィストになるかもしれない。書を捨てて街に出るかもしれない。だが今のところは、少なくとも時間がない。しばらくは、もっぱら「文化係」に甘んじることになるだろう。

去る三十日、私は一人で渋谷の日本基督教団・東京山手教会での松井さんの告別式に参列し、皆様と御一緒に白い花に埋もれた松井さんの遺影に向かって懸命に賛美歌を歌った。四階席だったので、よくは見えなかったが、中央の彼女の遺影は多数の白い菊に囲まれて微笑んでおられた。お元気だったんだなと私は思った。そして、かつて誰かから聞いた、宇井純さんが座り込みをやって検束された時、彼女が眼鏡を掛けた姿で検問をくぐり、警官の目を盗んで宇井氏の伝言を聞き、翌日の新聞に掲載してしまったというエピソードを思い出した。後で、警官は「眼鏡を掛けた変な女が来た。弁護士だと思って通した」と言い訳したそうである。彼女の遺影はその時のお姿を彷彿とさせた。葬儀場の東京山手教会とは、牧師であった彼女のお父上が何もなかった土地から苦労してお建てになった教会である。松井さんはみずからこの教会での葬儀を希望した。思えば松井さんの闘いとその仕事は、この地上に理想の女のエクレジア・教会を建てようとする苦闘であった。闘う女の見事な生涯であった。

あの変な帽子、買えばよかった。

（詩集『アジアの風』所収）

ディラン・トマスとアメリカ

J・M・ブリニンとディラン・トマス

一九五〇年当時、ディラン・トマス（Dylan Thomas, 一九一四―五三）〔以下ディランと略称〕とそう年齢は変わらないジョン・マルコム・ブリニン（John Malcolm Brinnin, 一九一六―九八）〔以下ブリニンと略称〕という一人の英文学者・詩人がアメリカ東部にいた。ディランのアメリカ滞在を自ら希望して実現させたプロモーターは彼である。そして一九五〇年、一九五二年、一九五三年の三回にわたりディランのアメリカ滞在を実現させた。ブリニンは、ニューヨーク（New York）のポエトリー・センターとボストン（Boston）のケンブリッジ（Cambridge, マサチューセッツ工科大学の構内にありハーバード大学に近い。ブリニンのアパートがある）を二つの拠点として、アメリカ東部・西海岸・北部・中部・南部を含む各地でディランの詩の朗読会・講演会を驚異的な回数において企画・組織した。ブリニンはミシガン大学、ついでハーバード大学に学んだ経歴を持つ。

ブリニン自身はつねにディランを表に出して活動させた。ディランのアルコール中毒気味のデカダンスについては現在でも賛否両論があるが[*1]、結果として、そのディランの陰で、自分自身の「アカデミズム」と、彼の仲間のハーバード大学のスタッフ陣の協力は目立たない形で、当時まさにその「アカデミズム」の名によって猛威を揮っていた「新批評」（New Criticism）派への批判と分派形成を成し遂げた。その離れ業には着目の必要がある。

ブリニンは詩朗読会前後の経緯も含めて、アメリカでのディランの人間としての生活をその最期に至るまで文学者の目から詳細に記録した。ディランが参加した昼食会とパーティの様子、そしてそこでディランが出会った要人の記録は現在、参考になる。詩の朗読会と事後の要人の集まるパーティは海外では一種の欠かせない慣習であるし、また詩朗読会の聴衆名簿はブリニンの書には明記されてはいない。切符購入は大学生が多かったと推測する。
　それは*Dylan Thomas in America*というタイトルで、イギリスのプライオン・ブックス出版社（London：Prion Books Ltd Publisher）から初版が一九五六年に出版された。以降三度の重版を重ねている。[*2]日本語翻訳版は関口篤・高島誠訳『詩人の運命―ディラン・トマスの肖像』（晶文社、一九六九年）。（以後引用は『詩人の運命』と略称する）である。以来、『詩人の運命』は、ブリニンの語るアメリカにとってのディランを把握する際に貴重な資料となっている。以下に一部引用する。

　彼が二十歳、私が十八歳の頃、英国の雑誌、特に〈ニュー・ヴァース〉誌に発表された彼の初期の数篇の詩を私は読んだことがあった。それ以来、彼の仕事を私は純粋に文学的関心をもって注目しつづけてきていたのである。それは、おそらく非常に若い詩人のみが可能であり且つ責任を負うべき救世主を待つ熱情の炎に燃えた個人的献身とも称すべきものであった。彼の作品について評論を書き、職を得たカレッジや大学で精力的に講義をし、同世代の最もめざましい文学的達成であるとその作品を広く賞讃して来たのである。（略）
　一九四五年にニューヨークのY.M.-Y.W.H.A.（青年男女ヘブライ協会）のポエトリー・センターの専務理事の職を提供された時、私はこの椅子を直ちに引きうけたのだった。真先になすべきひとつの考えがあったからである。遂に私は自分自身でディラン・トマスをアメリカへ連れて来ることが出来るのである。[*3]
（『詩人の運命』八頁）

　空港で二人が初めて出会ったとき、ブリニンは三十四歳、ディランは三十六歳であった。一人のいまだ名も無いアメリカの若者がイギリスの詩誌に掲載された一人の若い詩人の詩に目を留めて以来十六年後に、そのアメリカの若者はボストンのマサチューセッツ工科大学の構内にあるケンブリッジに仮住まいのアパートを持ち、ニューヨークのポエトリー・センターの専務理事の要職を持つ中年男に成長した。十六年の年月を越えて、ブリニンは同じく中年男となり生活に疲れ果てた印象も持ち始めたその（イギリスの）詩人と初めて対面する。「筋目のない移民風の粗いウールのパーカに身を包み、髪は、鳥が飛び立った後の巣のようにくしゃくしゃだった。アメリカという怖るべき全真実に直ぐにでも対面するかのように、両眼はおどおどと大きく見開かれていた。」（『詩人の運命』七頁）とブリニンは描写する。やがてディランのニューヨークにおける死に至るまでの短期間、「アメリカという怖るべき全真実」を共に分かち合い、共に疾走することになるブリニンの、ディランへの執心と忍耐と世話と愛と評価は読者の胸を打つ。以下、ブリニンが記録しているアメリカにおけるディランの滞在記録を抜粋する。

ディランのアメリカ滞在について

（一）ディランのアメリカ滞在の期間と回数について

一回目のアメリカ滞在（中間にディランの一週間のウェールズへの帰還がある）は一九五〇年二月二十日から五月三十一日まで、二回目の滞在は一九五二年一月二十日から一九五二年五月十六日まで、三回目の滞在は一九五三年四月二十一日から六月三日、十月十九日から十一月九日の詩人の最期・死の結末を迎えるまでである。既説では通算三回を数える。この三回の滞在の機会を利用して、詩人は全米に跨がる各要所で詩の朗読会を行った。二回目の旅行にはディランの妻キャトリンが同行した。

（二）ディランの詩の音声朗読について

滞米中、ディランはアメリカの出版社から詩の出版と詩の音声朗読レコードの発売[*4]を実現している。一方、ディランの三度にわたるアメリカ滞在の中心企画は音声、すなわちディランの肉声による朗読会であり、アメリカの人々との詩人の直接の語りかけ・コミュニケイションの機会である。ディランはロンドンで、BBCのラジオ放送を通して作品の音声朗読ですでに親しまれていた。その朗読には自分自身、すなわちディラン自身の詩の朗読も含まれるが、同時に彼はミルトン（John Milton, 一六〇八—七四）などの英国の古典的な詩文学から、W・B・イェイツ（W.B.Yeats, 一八六五—一九三九）、D・H・ロレンス（D.H.Lawrence, 一八八五—一九三〇）やジェラルド・マンリー・ホプキンズ（Gerald Manley Hopkins, 一八四四—八九）などのイギリス詩の朗読の名手であった。ディランによって朗読された詩人たちの詩は、その音楽性とディランの肉体性を通じて、アメリカの聴衆に彼らの詩をより強く印象付ける機会となり、またイギリスの詩の伝統をより身近なものにする一手段となった。

(三) ハードスケジュールの中のアメリカ交流の成果

ディランを歓迎するアメリカでの初回の朗読会は大成功であった。場所はブリニンが理事を務めるニューヨークのポエトリー・センターのカウフマン講堂、聴衆は千人以上、立ち見がでるほどの盛況とブリニンは報告している。

Y.M.-Y.W.H.A. のカウフマン講堂は満員で立ったままの聴衆も多かった。千人以上の人々が彼を待っていた。（略）イェイツ、ハーディ、オーデン、ロレンス、マクニース、アラン・ルイス、イーディス・シットウェルと読みすすむにつれての彼の声の巨大な幅と深い反響力は、親しい韻律に音楽を与え、時には頁の上には読みとれなかったその詩の新しい価値を明らかにさえするものだった。朗読会を彼は自分の作品で締めくくった。優しいリリカルなものと朗々たる詩句の組み合せの絶対的権威をもった朗読で、音楽と意味のどちらがより多くの感銘を与えたか、その推測は困難であった。（略）その反応は喜悦そのものだった。ステージへ姿を現し、又姿を消す時の歓呼は物凄かった。汗がその額からしたたり落ちていた。（『詩人の運命』二五—二六頁）

ディランのアメリカ滞在の核心とその意味、およびアメリカに残した影響については以上のブリニンの引用が十分に説明している。

(四) ディランが出会った著名な芸術家

三回にわたるアメリカ滞在に一貫して、ニューヨークのグリニッジ・ヴィレッジなどのバーで、あるいはアメリカではほぼ恒例である朗読会のあとのパーティや個人的に招待された晩餐会で、ディランはかなりの人数のアメリカの、あるいはアメリカ滞在の有名詩人・芸術家に出会っている—アメリカの詩人カミングズ (E.E.Cummings 一八九四—一九六二)、アメリカの小説家・エッセイストのキャサリン・アン・ポーター (Katherine Anne Porter 一八九〇—一九八〇)、アメリカ詩人のエリザベス・ビショップ (Elizabeth Bishop 一九一一—七九)、イギリス出身の劇作家・詩人のクリストファー・イシャウッド (Christopher Isherwood 一九〇四—八六)、イギリス出身の映画監督・俳優チャールズ・チャプリン (Charles Chaplin 一八八九—一九七七)、アメリカの詩人カール・サンドバーグ (Carl Sandburg 一八七八—一九六七)、アメリカの劇作家・小説家であるソーントン・ワイルダー (Thornton Wilder 一八九七—一九七五)、アメリカの詩人リチャード・ウィルバー (Richard Wilbur 一九二一—二〇一七)、ロシア出身の音楽家、イーゴリ・ストラビンスキー (一八八二—一九七一、ニューヨークで死没)、アメリカの小説家ウィリアム・フォークナー (William Faulkner 一八九七—一九六二)、アメリカ詩人アレン・ギンズバーグ*5 (Allen Ginsberg, 一九二六—九七)、アメリカ詩人 シオドア・レトキ*6 (Theodore Roethke 一九〇八—六三) などである。

(五) 朗読会と講演会の会場

ディランの朗読会の会場の抜粋を以下に挙げる。当時もすでにアメリカでは大学や図書館、博物館などが詩の朗読会や講演会の会場を詩人に提供していた。ディランの場合も朗読会の会場は多様であるが、多くは大学である。

ニューヨークのポエトリー・センターのカウフマン講堂、ハーバード大学、コロンビア大学、コーネル大学、ミシガン大学、インディアナ大学 (ブルーミントン)、アイオワ大学、ボストン大学、カリフォルニア大学、シアトル・ワシントン大学、サンフランシスコ州立大学、マサチューセッツ工科大学、ニューヨーク市立大学など、東部・西部・北部・南部領域すべてを網羅する。

ディランとアメリカ現代詩・現代芸術の行方

では、ディランのアメリカ滞在のアメリカへの影響は何か？　その影響は現在、多大と評価される。

（一）アメリカの自然詩との合流と支援

ディランのアメリカ訪問の一九五〇年から一九五三年の時点では、アメリカの詩人の中、ロバート・フロスト（Robert Frost 一八七四―一九六三）はいまだ活躍中である。一方、以下の詩人はディランと年齢はあまり変わらないアメリカ詩人であった。ウィリアム・スタフォード（William Stafford 一九一四―九三）、滞米中のディランと実際に会ったことのあるシオドア・レトキ、リチャード・ウィルバー、ロバート・ブライ（Robert Bly 一九二七―）などである。彼らはディランの訪米以前に自然詩（アメリカ土着詩）を書いている。

自然豊かなミシガン州やカリフォルニア州でアメリカ詩の流れの一つとして書かれていたアメリカ独自のこの自然詩の流れの中にイギリス、ウェールズのラーン（Laugharne）の静かな風景を愛し、海とのどかに拡がる浜辺を見晴らす崖の上のボートハウスに住んだディランを置くことは、英米双方にとって力強い補強、支え、支援となったのではなかったか。ディラン自身、アメリカでシオドア・レトキに会いたいと言っている（『詩人の運命』一一頁）。ロバート・フロスト（アメリカ東部在住）はやがてアメリカ桂冠詩人となる。自然詩はやがて環境学視点とも交差してゲイリー・スナイダー（Gary Snyder 一九三〇―）やデニーズ・レヴァトフ（Denise Levertov 一九二三―）など、より若い世代によって書き継がれて行く。

（二）ディラン・トマスとウォルト・ホイットマン
―「私自身の歌」への再帰

ディランは詩に「私」の一人称を使用する。一方ブリニンはディランの詩についての以下の引用でホイットマンに言及する。

彼の詩は自らの民族の歴史に浸りきった人間の作品であるだけでなく、自らの文学伝統を鋭敏に知覚している練達した職人の産物でもあり、彼の貢献はその伝統を継続し変容しつつあるものでもあります。（略）彼の詩には十七世紀の叙情的な腕の冴えや繊細さだけでなく、ウォルト・ホイットマンの精気や幅広さをも備えております。アメリカの読者にとっては、この結合が抑えきれない魅力なのです。

（『詩人の運命』一一一頁）

当時のアメリカ詩は知的で高度な知識を要求する批評と詩風が流行していた。それは詩を象牙の塔と大学の研究室に閉じ込める詩風であり、詩を大道に集まる一般大衆からは離反させる方向であった。ブリニンのひそかに願った「救世主」の役割、すなわちかつてアメリカでウォルト・ホイットマン（Walt Whitman 一八一九―九二）が歌った「私自身の歌」への回帰を、ディランはアメリカで、一人称の「私」使用の詩で、集まった聴衆にダイナミックに包容力を込めて直接話しかけるように音声朗読することで可能にした。生きた人間の肉体の芸術としての詩は彼らに伝わり、人間と人間の間の生きた交互のコミュニケイションを作り上げて行った。アメリカ・ニューヨーク州の平民として生まれ、生きたホイットマンも、アメリカについて、デモクラシーについて、自分自身について、「私」という一人称で「海のように歌う」ことを知っていた。ディランの朗読会に集まったアメリカの聴衆は、無意識の中にしろ、「私自身の歌」（'Song of Myself'）を声高に歌ったホイットマン像が双方の平民性と共に、ディランの詩の中に救世主の像として重なっていたのではなかろうか。

さらに、ディランのオーラル・コミュニケイション――聴衆への詩の語りかけ、ドラマ性（イギリスは豊富な劇詩文学の系譜がある）をも混合させた彼の詩の音声朗読（Recitation）―は、実は広く世界的に詩に付随する基本的な慣習であり、いまだ継承されている詩伝統でもある。この伝統はだがしばらくは忘れられていた。ディランの偉大な功績の一つは、この伝統を守り継続させ、アメリカに伝えたことでもあった。

(三) ディランとボブ・ディラン

一方、バラッド・伝承詩を思い起こさせるディランの詩の押韻構造の巧みさ、バラッド・伝承詩の再生、音声朗読された場合の巧みな音楽性はアメリカの現代音楽に合流して行く。ボブ・ディラン(Bob Dylan 一九四一―)はその芸名をディラン・トマスにちなんで名付けた。アメリカ中北部、ミネソタ出身である。彼はやがて一九六〇年以降、ベトナム戦争への反戦歌を含めて盛り上がりを見せたアメリカのフォークソングとロックミュージックの興隆に貢献した、代表的なアーティストの一人となった。「風に吹かれて」('Blowin' In The Wind')、「時代は変わる」('The Times They Are A-Changin'')、「天国への扉」('Knockin' On Heaven's Door')などが特に知られる。ボブ・ディランが活躍した一連のアメリカ一九六〇年代のアメリカのフォークソング運動の中心は愛の歌、平和の歌、抗議の歌、もしくは反戦歌である。他にピート・シーガー(Pete Seeger 一九一九―二〇一四)の「花はどこへ行った」('Where Have All the Flowers Gone?')、ジョーン・バエズ(Joan Chandos Baez 一九四一―)の「ドナドナ」('Donna Donna')、「朝日のあたる家」('The House of the Rising Sun')〔ボブ・ディランのリリースもある〕など。一方、ディランの作品中に第一次世界大戦で戦死したウェールズの詩人ウィルフレッド・オーエン(Wilfred Owen 一八九三―一九一八)の、詩の引用を含んだ詩人論があり、詩「ロンドン空襲で焼死した子供の追悼を拒否する詩」('A Refusal to Mourn the Death, by Fire, of a Child in London')がある。平易な言語で書かれてはいるが、巧妙な押韻効果が工夫されている。一方、フォークソングやロックの英語歌詞には巧妙な押韻工夫が考案されていることがしばしばである。

(四) ディランとビート派の詩の音声朗読

ディランの死(一九五三年)以降のアメリカ現代詩においては、まず彼の詩の音声朗読会はいわゆる現在では「ビート派詩人」として知られている詩人たちによる継承となった。彼らはやがて街のライヴハウス、倉庫、画廊、キャフェ、バーなどで、詩の音声朗読を芸術運動として継承した。実際には彼らは楽器や歌や絵画などを総合した芸術をしばしば志向する。アメリカ現代詩の歴史においては、すでにその「ビート派」が成し遂げた実績は評価されている。彼らはまた反逆と抵抗の詩人としても知られている。彼らの名は今、ケネス・レックスロス(Kenneth Rexroth, 一九〇五—八二)、アレン・ギンズバーグ、ジャック・ケルアック(Jack Kerouac, 一九二二—六九)、ウィリアム・バロウズ(William Burroughs, 一九一四—九七)、ゲイリー・スナイダーなどである。彼らは日本文化など東洋文化にも興味を示し、サンフランシスコ(San Francisco)や京都に滞在した者も多い。ゲイリー・スナイダーは京都に一時居住し、京都で詩の音声朗読のライヴを始めている。彼らは同時にディランの自然と自由を求める生活をまた生きた。豊かな自然を持つサンフランシスコはやがてニューヨークに代わるビート派の拠点となった。

(五) ディランとアレン・ギンズバーグ

アレン・ギンズバーグ(以下ギンズバーグと略称)はコロンビア大学の学生であり、ニューヨークを活動の拠点としていた。彼はニューヨークでディランと直接会っている。だがやがて活動の拠点をケネス・レックスロスの住むサンフランシスコに移し、一九五五年にサンフランシスコの「第六ギャラリー」(The Sixth Gallery)で「吠える」('Howl')を朗読した。一九五六年に詩集『吠える』(*Howl and Other Poems*)刊行。ディランの死後、かつてアメリカ詩にブリニンが期待した「救世主」の役割は彼に引き継がれた。

ギンズバーグの「吠える」の音声朗読は力強い語りと抑揚の音楽性の中に、抵抗と告発を具現する。「吠える」の朗読と共にアメリカ一九五〇年代以降の詩は一時一躍世界のトップに躍り出た。

彼はまた詩「カリフォルニアのスーパーマーケット」('A Supermarket In California')の中でホイットマンを登場させ、平民性と日常性を詩に導入している。詩はアメリカの庶民性とアメリカの土着の生活感を描き出す。ギンズバーグもまたホイットマンに回帰することにより、時代への抵抗と告発を試みた。それはまたアメリカの伝統と土着性への回帰でもあった。

ウェールズからのメッセージ

ブリニンはアメリカにとってのディランの位置と価値を以下に要約している。

常に意識しているわけではなかったのですが、アメリカ人というものは、この地上の他の如何なる人達より以上に、自らの身元証明についての基本的な確証を必要としている人種です。われわれの歴史は浅く、その国民的性格には多くの雑多な影響がまぜ合わされて、まだ確と定義づけられてはおりません。世界の他の人達に認められ得るアメリカ伝説というものを、われわれは創造してはきたのでしょうが、われわれ自身としては、それに対する現実感は極めて薄いのが現状であります。殆どのアメリカ人はアメリカの夢には自らはそのほんの小さな部分にしか参加していないことを、心の中で知っているのです。アメリカの神話が国内及び海外で成功裡にひろめられているとはいうものの、アメリカ人は他の民族が自然に受けとっているもの―それによってその人が誰であるかを知らしめる単純な話し振り、場所の名前、性格、伝統といったものを求めています。その民族と土地に深く根ざしたウェールズ人として、ディラン・トマスは私達が所有していない根源の地点から私達に語りかけてきます。そして私達は或る郷愁とディランを通しての身代り参加の興奮とで彼の民族のアクセントに惹きこまれるのです。

(ブリニンのウェールズ滞在中に、ラーンのディラン宅において用意した英国のラジオ放送用の草稿―J・M・ブリニン著、関口篤・高島誠訳『詩人の運命』、一一〇頁)

ディランはブリニンの期待どおり、一九五〇年以降のアメリカに独自の伝統と自立性を移植して世を去った。だがそれはロバート・フロストの詩の接ぎ木としてのアメリカの自然詩の新たな展開、フォークソングとロックミュージックの興隆、そして音声朗読による詩人と聴衆とのコミュニケイション——詩の本然性——のダイナミックな奪回であった。詩人は閉ざされたアカデミックな塔から街へ、平原へ出た。一人称で自分自身の歌を歌った。だがそれは口誦伝承詩の伝統と共に、ネィティヴ・アメリカン（アメリカ原住民）たちがそもそも所持し、苦労して発表して行ったものと類似した詩文化ではなかったか。

今こそ、ゆえに、ディランのウェールズ性に再び立ち戻ることが必要である。その経緯はむしろ、一九八〇年代以降のアメリカの多元文化への移行と成功、およびマイノリティの詩文化の重視への歴史的な移行に改めて参加することでもある。そしてそれは今こそ、葛藤を続ける世界的な俯瞰の中で、平和への祈りに繋がる。

＊1　Drew Milke, *INTRODUCTION to Dylan Thomas in America:* by John Malcolm .Brinnin (London, Prion Books Ltd Publisher 2000), PP. ix-x. 参照。ブリニンのディラン・トマスの詩の賞讃は危険であり、また彼の生涯に関する神話が彼自身の詩への注意を逸らしてしまうと筆者は序文で述べている。

＊2　他にも版がある。

＊3　John Malcolm Brinnin, *Dylan Thomas in America* (London Prion Books Ltd Publisher 2000), PP.1-2. 日本語訳は関口篤・高島誠訳『詩人の運命—ディラン・トマスの肖像』（晶文社、一九六九年）八頁。

＊4　BBC : Wonder-why is Dylan Thomas so popular in America? の中でウェールズ出身のジョン・グッビー教授(Professor John Gooby) は、「ディラン・トマスの朗読方法は、アメリカで大いなる啓示であった。それはケルトの吟遊詩人を思わせ、すばらしく、感情の流出であった。それは、当時のアメリカの閉ざされていた紳士的アカデミズムへの挑戦であった。」と述べている。http://www.bbc.co.uk/guides/zc9ccdm

＊5　Andrew Lycett, *Dylan Thomas, A New Life* (London, Phoenix, 2004), P.389.

＊6　George Tremlett, *Dylan Thomas: In the Mercy of His Means* (Constable, 1980), P.132.

なお文中、公演の場所と出会った人物の名のリストは関口篤・高島誠訳、J・M・ブリニン『詩人の運命―ディラン・トマスの肖像』（一九六九年、晶文社）からの引用抜粋である。また本文中、人名・地名・大学名の日本語綴りは上記の日本語翻訳版を参照した。

初出・木村正俊、太田直也編『ディラン・トマス　海のように歌ったウェールズの詩人』（二〇一五年、彩流社）所収。

ウベ・ワルターと水崎野里子のメール交換

ストラビンスキー作曲オペラ「兵士の帰還」

―狂言として演じる西欧の悪魔

オペラ：「兵士の帰還」
作　曲：イゴール・ストラビンスキー
会　場：東京文化会館

観劇日：二〇一七年三月末日

●筋：あるロシア兵士の帰還。兵士は兵嚢とヴァイオリンだけを持って帰還する。悪魔がやって来る。悪魔は兵士のヴァイオリン欲しさに言葉巧みに言い寄る。悪魔は兵士に全能の力を与える。魂を悪魔に売った兵士は、ロシアの小国の王女を手に入れるまで出世するが、最後に、欲に目をくらませ、魂を奪われ、兵士はヴァイオリンを悪魔に奪われて破滅する。悪魔は勝利を喜ぶ。

●興味：ヴァイオリンをハート表象の小道具として使用する、変わっていて、また洒落たこの話。喜劇ととらえるか？　悲劇ととらえるか？　私にとってはストラビンスキーの名前も魅力的であった。また、「悪魔に身を売る」話はドイツのゲーテのファウスト伝説を思い出した。だが、劇場でいただいたパンフレット中に、ストラビンスキーはロシア民話を使用したとの解説もあったので、ドイツ出身のウベさんが、悪魔に身を売り破滅するといういわば西欧民話（ファウスト伝説はイギリスのマーロウの戯曲にもある）をどう考え演じるか？　また、一方では、どう日本の狂言に組み入れるか？　興味があった。以下はその交換メールである。

ウベさんは後半、言い訳なさっておられるようであるが、実は、私はウベさんの悪魔の西欧的な怖いメイクを責めてはいない。能は現世の人間の煩悩を激しく断罪し告発する。能として演じれば、ロシア、ドイツ、日本の、悪魔と鬼は互いに相並ぶ。だが、悲劇としての能と、喜劇としての狂言の境を撤廃するのもまた面倒だ、上演はむずかしくなるとは思う。野心溢れる難解なテーマに挑んだスタッフの方々に同情・感謝する。

ノリコさん：

観劇に来て下さり感謝します。おっしゃる通り、キリスト教の西欧的な悪魔と仏教の東洋的な悪魔について、基本的な討論が必要だと思います。

仏教的な思考においては、悪魔は我々の内なる存在であり、我々の内なる「奥の奥の獣」を我々は克服しなければなりません。

西欧においては、悪魔は、ヤハウエ、キリスト教の神の外なる存在です。

悪魔対鬼、西欧人は何でも悪魔の性《さが》にしたい。

私は西欧の悪魔を演じました。でも、お書きになっているように、狂言の鬼に近づくように努力したのです。そのことはもっとはっきりさせなければいけないと思います。

おそらくは次回、関西公演では、私たちは狂言スタイルで演じるかもしれません。そうなると、二種類の版が存在することになります。

四月二日、京都にいらっしゃいませんか？

東京でお目にかかりたかったのですが、リハーサルが長くて早目に寝てしまいました。

失礼します。でもいつかまたお目にかかりたいです。

敬具

ウベ・ワルター

ウベ・ワルターさん：

昨日、イゴール・ストラビンスキー作曲のオペラ、「兵士の帰還」を拝見しました。ウベさんの演技はすばらしかったです。御礼申し上げます。活発な体の動きで悪魔をダイナミックに表現なさっていました。

ウベさんの喜劇的な演技で、悪魔は兵士に大変優しい存在であり、兵士を憐れんでいるのだと、観客は感じたと思います。

ウベさんは、ストラビンスキーのオペラを国際的なファルス（笑劇）である狂言に仕立てました。それは成功でした。貴兄は日本の古典芸能の演技法を、ロシア生まれの作曲家と彼のロシア民話仕立てのオペラの上演にうまく使用なさいました。ストラビンスキーのファルスは、日本の能と狂言の演技と巧みに結び合って、東京での舞台上に〝日本のファルス〟を立ち上げました。ありがとうございます！

でも、オペラが終わって出演者が観客の拍手喝采のために舞台上に並んでおられました時、私はウベさんに挨拶するために舞台に近寄りました。その時、舞台上のウベさんの悪魔のメイクを見て、あら！　怖い！と驚きました。悪魔だ！　ドイツでは、悪魔はこんなにも怖い存在なのでしょうか？

ありがとうございました。

水崎野里子

ウベ・ワルター略歴

ドイツ出身。俳優、音楽家、ダンサー、哲学者。ドイツの大学卒業。

一九七六年ミュンヘンでサーカス劇団創立。一九八〇年来日。京都で金剛流能楽、都山流尺八を学ぶ。音楽フェスティバル企画。二〇〇九年「ウベのウベ的音世界―源氏物語―」演出と音楽パフォーマンス。ドイツや日本においてテレビ、映画に出演。様々なジャンルの音楽家とコラボ演奏パフォーマンスを行っている。また、「間と摺り足」をテーマに大学等で講演を行っている。

初出・「パンドラ」Ⅲ号、二〇一八年版（ブックウェイ）刊行。

解説

探求、涯てしなく

――水崎野里子の時空間表現

ワシオ・トシヒコ

歳々年々、人同じからず。

どちらかといえば、詩人嫌いの詩人、美術評論家嫌いの美術評論家に傾きつつある私。彼ら同業が構築し、社交する旧い〝壇〟という集団社会に、依然として溶け込めないでいる。精神衛生上、ほとんどプラスに作用しないと共に、多分に、私の性格の狷介固陋に起因するのかもしれない。

水崎野里子さんの多面体の活動ぶりについては、早くから文芸や学術関係のさまざまな媒体で注視していたものの、直接お会いする機会に、恵まれなかった。このたび版元の高木さんから突然に電話で依頼され、こうして急ぎペンを走らせることになろうとは、不思議な因縁と考えざるを得ない。お陰で作品と人となりのアウトラインを、私なりに秘かに辿れる幸運に謝したい。

さて年譜を追うと、水崎野里子さんは大局的に詩人だ。詩人でありたいと切望することにより、振り幅の大きな人間となっている。だが詩という様式で、次々と言の葉を編み上げるだけでは、真正の詩人といえないだろう。詩人とは、生きている意味を常に深くまさぐりつづける人間をめざそうとする存在なのではなかろうか。

1

水崎野里子？

問われて即座に、いったい何と応えればよいのか。一瞬、誰もが軽い戸惑いを覚えるに違いない。詩人？　歌人？　俳人？　それともエッセイスト？　英米文学者？　翻訳者？

いずれでもあり、いずれをもプロパーとしないのかもしれない。いや、いずれでもあることにより、いずれでもないのだ。日本ではまったく、稀有なタイプ。本来の意味での詩人そのものなのだろう。懐が深くて広い、真の意味での詩人なのである。どちらかというと、脇目も振らずその路一筋を歴史的に尊ぶ〝職人列島国〟とでは例外的存在、と位置づけるべきなのかもしれない。

地平の涯てまでどこまでもつづく、曲がりくねった永い路。

そこで直ちにイメージされるのが、彼女の次の時空間表現行ともいうべき詩篇だ。部分引用では、時空間表現の微妙な流れを損ねることになりかねない。全篇をそのまま転載しよう。

はるばると高野山から徒歩いて来た
干し飯を食し
渇えれば清水を呑む
俺の日々は旅
天地流浪の旅
孤独の中に自由がある
自由の中に孤独がある
孤独と無限の自由
その一点で俺は自然と一体となる
無限世界を把握する
歌が出来る
流れる墨となる

俺は二十五の時　世を捨てた
捨て去って　ほっとした
身軽になった
妻子も捨てた　俺はもう知らん
知るものか
知るすべもない
俺は僧だからな
でも金は残して来た
俺はもう金などいらん
いらんからな
そんなものはもう余計だ
俺は面倒はもうやめた

山野に遊ぶ
軽やかな無と空
歌は俺の合掌だ
その時　俺は確かに神仏と繋がる
歌が湧き出る
俺は歓びの中
筆を揮う

歌を詠みたし
歌を詠みたし
それは今の俺の我執だ
煩悩だ
俺はひたすら妄執の鬼となる
桜を詠みたし
死を詠みたし
桜の下の死を摑みたし
死を摑むこと
それは俺にとって生きることだ
死によって俺は生きる

俺はまだ死なんぞ
死んでたまるものか
満開の桜をこの手で摑むまでは

俺は西行

題して「俺は西行」。

冒頭から行き成り、全四連四十九行にも及ぶ長い引用となり、恐縮この上ない。これが水崎野里子さんの作品に初めて接し、初めて読ませていただいた詩「俺は西行」の全篇だ。それもつい、最近のこと。

媒体もほかでもない、なんとムック版の美術グラビア誌というから驚く。しかも作品に登場させるのが、詩人でない。中世の漂泊流浪の歌人、西行法師なのだ。女性である作者が大胆にも、男性用語である「俺」という一人称で語り通している。何とドライな発想だろう。とても並みの詩人の感覚とは思えない。彼女の創作の密室をそっと覗いてみたくなる。

読者はこの作品を繰り返し黙読するうち、おのずと自分自身も、いつの間にか西行に変幻しているのに、ハッと気づかされるのではなかろうか。現在の自己という存在もまた、西行の分身であるのだと。このように思わず述懐する私もまた、その独りなのだ。とりわけ老境に入っている当事者なら、尚更に共感を覚えるのではなかろうか。

一―二連が、自分の軌跡の信条と行状。三連は、いよいよ人生の終着駅へ近づいてもなお、消えることのない歌詠みとしての煩悩と執念を吐露する。それこそがまた、詩人としての私的現在の心境でもあるのだろう。

そして、終連。それまでの一連から三連までを受け、「俺は西行」と断言する清々しさ、潔さ。鮮烈としか形容しようがない見事さなのだ。

2

地平の涯てまでつづく、太く永い一本の路。

年譜から想像する限りにおいて、水崎野里子さんくらい傍目には、順風満帆な人生を歩いてきた人物もまた、珍しいのではなかろうか。

履歴を辿ったあとに脳裏に残るのが、くっきりした人生航路の諸段階のすっきりしたイメージ。一点の不幸わせも感じさせない。

想像や創造することに理解のある温かい家庭に生を享け、すくすくと成長。高等教育をクリアし、生涯のベターハーフにも恵まれる。卒業後は、各大学で英米文学のレクチャーに従事。めざす詩歌への路に勇躍踏み込んで行く。

それにも関わらず、しかしなぜか広い世界の真ん中に、一抹の虚しさを抱え込んで視えるのは、どう解釈すればよいのだろう。

歌人的側面としては、例えば与謝野晶子調の次のような、ロマンティックで情念的な歌を詠んでいる彼女もまた現実なのだ。

　夢に見るわれらの間の深き河
　目覚めて思う舟の櫂なき

にごり世のにごりて描けるわが身の絵
破り去る時わが修羅さわぐ

少女はやがて、女性へと成長する。自分にいつでも真っ正直で、少女らしさを決して見喪うことなく。活発で、正義感に炎えていた。のちに高良留美子、新川和江、ジャーナリストの松井やよりなどと交わるようになるのも、内的必然ではなかったろうか。彼女は決して、或る特定のイデオロギーに左右されたり、レトリックに凝るタイプではない。対象とするテーマにダイレクトに挑戦するヒューマニストとして貫き通し、現在へ至ったにすぎないのだ。

死を攌むこと
それは俺にとって生きることだ
死によって俺は生きる
俺はまだ死なんぞ
死んでたまるものか

満開の桜をこの手で攌むまでは
俺は西行

拙文を締め括るに当たり、このもっともシンボリックな最終連を反芻させるのは、余りにイージーすぎるだろうか。カメラのレンズで絞り込みすぎ、かえって対象を焦点ボケに曖昧にする写真のようなものにしたのではないか、と私は危惧する。

しかし水崎野里子の詩を核心とする文芸創作学術行為の代表作こそ、この「俺は西行」であることは、半端な異論を挿しはさむ余地などないだろう。

彼女ほど、現代の「おんな西行」にふさわしい詩人はいない。そして、「俺は西行」こそ「私は西行」の意であり、もしかしたら読者である私自身であり、あなた自身であるのかもしれないのだ。

この作品、いずれ新作能として上演できたら、どんなに素晴しいだろうか。そんなことを夢想する時間が、こうしてあっという間に過ぎた。

水崎作品の特色について

青木由弥子

水崎には、潑溂、という言葉がよく似合う。恐らく少女の頃から変わらぬ豊かな好奇心と探求心とを持って、積極的に他者や多文化と交流を図り、日本の読者に紹介するという重要な仕事を長年続けてきた詩人／研究者／翻訳家である水崎野里子。円熟の時に差し掛かって、ますます盛んな向学心と瑞々しい表現意欲とに満たされているように思われる。

水崎の詩作品の特色として、①象徴性、豊かな色彩、②軽快な進行、③歌謡性、④移動体験、⑤向学心・探求心、⑥女性・アジア・歴史への眼差しの六点が挙げられるだろう。作品を実際に読みながら、その豊かさに触れて行きたい。

①の象徴性は、「鳥」や「樹」といった具体的かつ普遍的なモチーフに夢や希望を仮託する作品に見ることができる。たとえば、『鳥』（一九九四年）の表題作「鳥」では、〈鳥という言葉が好きだった〉女が、鳥の飛翔の力に憧れ〈鳥になりたい〉とすら願うのに、あろうことかその〈鳥〉に襲われ、傷つくところから始まる。女は男と出会い、子供に恵まれ、子供の病など波乱はあるものの平穏な家庭で幸せに生きているのだが……〈鳥〉のことなどとうに忘れていた〈その女に突然ある時再び鳥がやって来〉て、戦うことになる。鳥とは、何者か。逃れようもなく襲い掛かる宿命の喩としても読むことはできるが、若い頃の憧れの対象であったことに留意したい。夢見たもの、憧れた世界に挑戦し、時には復讐されるかのように絶望に突き落とされることもある、創作者、研究者としての苦悩。自らの内から沸き起こる創作意欲、新たな創意を汲み上げようとする格闘そのものに打ちのめされることすらある、創作者としての性《さが》。それでも容赦なく襲い掛かる鳥（詩への憧憬、創作意欲）に抗うことが出来ずに、〈荒野をゆく〉ような戦いに再び身

を投じる……自らの人生を投影したような〈女〉の生き方に、水崎の克己心が現れているように思う。『イルカに乗った少年』(二〇〇一年)の「ガラスの坂」も、アメリカの大統領選の際に注目された「ガラスの天井」というメタファーに通じ合うものがある。その坂を乗り越えようとするあらゆる人々を拒絶しながら、〈超然と日に輝い〉ている、ガラスの坂のイメージが鮮烈に脳裡に残る。

求めても得られない理想を、それを知りつつ激しく希求するパッションが如実に現れた作品を、もうひとつ引こう。「光る水」(『あなたと夜』二〇〇五年)では、〈水を求めて/水の中を歩く〉という、飽和しているはずなのに真に求めているものは得られないという苦悩を、掻く、押す、吐く、という動詞を効果的に用いたきびきびした文体で綴っている。〈わたしは求めているのかもしれない　真っ赤な大きな花/水の中に…でも　私は歩く…たとえ　それが光であり　花ではなくても〉手に摑めそうに思われたものが、たとえ幻影であり、入手不可能なものであったとしても、その〈花〉と出会うために私は歩き続けるのだ、という明確な前進の意志が示されている。

色彩の象徴性も水崎の作品を彩る特徴である。〈青い国と黄色い国〉を隔てる〈壁〉をメタファーとして歴史的状況への思いを綴る作品「壁」(『鳥』一九九四年)。〈茶色の戦争〉〈黒い河〉と対比させるように〈青い空〉〈緑の野原〉に仮託した希望を歌う「深い河」(『イルカに乗った少年』二〇〇一年)なども、色彩の象徴性が活かされた作品である。たとえば中也も茶色い戦争、不穏を暗示する黒い旗など鮮烈なイメージを残しているが、水崎の中で先達の心象が呼び出され、引き継がれているといっても良いかもしれない。最新詩集である『新梁塵秘抄』(二〇一七年)にも、黄金色の葉や光、真白い雪、青い空、赤いポストなど、色彩が効果的に置かれている。

冒頭、水崎の特色として提示したもののうち、②に挙げた軽快な進行は、体言止めや動詞の終止形、といった表現技法によるところが大きい。逡巡や後悔といったネガティブな感情をあまり表出させず、向日的に前進していく展開や、困難があっても果敢に切り拓いていくような開放感が与える印象も、作品に弾むような明るさを与えている要因であろうと思われる。軽快さにも関連してくるが、③に挙げた歌謡性は、頭韻やリフレインの効果的な用法によるところが大きい。口ずさんだ時の快さ、強調したい部分を読者に向けて繰り返し提示していく波のようなリズムなどから生まれる印象である。言葉同士を並置していく際の語調の強弱、音の連なり方の響きなども、音読した時の馴染みやすさや心地よさといった質感に配慮して語が選択されているように思われる。

具体的な作例として、どの作品を挙げるか迷うところだが、〈舞い上がる〉という動詞や〈鹿の目〉のリフレイン、〈鹿が走る／鹿が跳ぶ／鹿が喰う／鹿が殺す／鹿が炎となる／都は炎上！〉と畳みかけていく展開が小気味よい「鹿のいる場所」（『俺はハヤト』二〇〇五年）をここでは挙げておきたい。

④の移動体験は、外国への滞在（居住）や旅行の経験で体感した情感が基層になっている。活発に世界各地の詩人と交流し、国際詩祭などにも参加したり、翻訳の仕事を行ってきた水崎ならではの視点だと言えるだろう。

水崎の〝移動〟は表層的な観光とは異なり、歴史性や社会問題などをふまえた上で、問題や課題の表出する瞬間を的確に切り取って提示していく。「アジアの風」（『アジアの風』二〇〇三年）では、〈マンホール・チルドレン〉や〈ストリート・チルドレン〉を提示した上で、〈月収百ドルのこの国で〉〈一晩で五十ドルの収入〉を得てしまうストリッパーたちの姿が活写される。水崎は非難も肯定もしない。見たものを見たままに伝えているだけである。しかしそれゆえに女性たちの置かれた現状を真っ直ぐに読者に届ける告発となり得ているように思う。暗部に眼をとめつつ、かの地で逞しく明るく生きている少年少女の姿を描き留め、彼らの心情に自らも同化するように想像力を羽ばたかせる展開は、彼らと同じ時代に生きる者として、共に生きて行きたいという意識の表れでもあろう。水崎は、これから発展していくであろう訪問国の未来へ、明るい展望を寄せている。同じく『アジアの風』の中に収められている韓国を訪問した際の作品では、初めて訪れた時の〈みんな日本語が上手〉であった状況（もちろん、植民地支配の秘かな告発である）と、再訪した際の、学生たちの誰もが〈きれいな英語をしゃべる／五年前とは大違い〉の現状をとらえて、韓国の政治環境の変化や急速な発展を言葉の視点から描き出す。〈かつてソウルは三十年前の東京のようだった〉のに、〈でも今　ソウルは東京よりも東京的〉であるという、急速な発展がもたらした都市化の問題に関して、〈古いアジアが失われて行く〉現状にも、警鐘を鳴らしている。〈東京的〉というソウルへの評価は、そのまま私たちの住む日本に還って来る批判であり、懸念であることは言うまでもない。

⑤の向学心や探求心は、移動体験や異文化、他者との交流の動機ともなり、経験をより深める膂力ともなる力である。力強いバネのように水崎の芯を躍動させている胆力と言ってもいい。文庫に収められた年譜を見ても、常に学び続け、前進し続けて来たたゆまぬ努力が現在の水崎の仕事に繋がっていることがわかるだろう。（本文庫には、「ディラン・トマスとアメリカ」など、充実した論考も収録されている。）⑥に挙げた、女性やアジア、歴史への眼差しを下支えする力でもある。そこに共感力や知性が加算されていくことによって、水崎の社会的な視座が形成されている。先に挙げた「アジアの風」の中でも、当地の子どもたちの心情に想像力によって同化し、彼らと共にアジアの大地を馬に乗って駆け抜ける様が爽快に描かれているが、こうした夢想の力、想像力（ファンタジー）を自由に遊ばせる力が、共感力を発動させるのだ。本文庫の最後に置かれた「ブリューゲル「農民の祭礼」」は、〈ダイニング・キッチンの壁に掛かった／ブリューゲルの絵の複製〉を眺めている内に、その祭の賑わい、人々の雑踏の中に取り込まれ、いつしか共に歌い踊っている詩的体験を描いている。民衆の活力を、想像力によって体感する水崎の豊かな感応力が示された作品だと言えるだろう。しかしその力は、陽気で楽しい体験ばかりを与えてくれるわけではない。

資料や史料を読み込み、想像力でそこに分け入り、体感することによって過去に生きた詩人の心情を自らなぞっていく、まるで過去の詩人が独白しているかのような「遠い声・金子文子」（『ゴヤの絵の前で』二〇一〇年）は、非常にユニークな試みであると共に、作者にも痛みを負わせずにはおかない、苦しい創作であっただろうと思う。しかし、事実を伝えていくのが歴史家の使命であるならば、その歴史を読み解き、失われていく心情を呼び覚まして語り継いでいくことは、詩人にしか成し得ない行為ではないだろうか。

同じく『ゴヤの絵の前で』に収録されたマレーシアの友人たちからの聞き書き、シンガポールの原爆資料館やカンボジアの地雷博物館を訪れた際の心境、世界詩人会議のハンガリー大会に参加した際の戦争未亡人との出会いから生まれた作品などを、読者はぜひ、自らの体験として受け止めつつ読み取ってほしいと思う。

③の歌謡性については、短歌などの創作体験や、音に敏感な資質、多言語を学んできた体験なども考察する必要があるだろう。最後に、水崎が関わって来た海外交流の中から、和歌や連歌に関する部分を概観しておきたい。

水崎の発行する国際詩誌『パンドラⅢ』号に興味深いレポートが掲載されている。「二〇一六年度世界詩人会議カリフォルニア大会――英語短歌ワークショップと連歌ワークショップ報告」である。連歌ワークショップの冒頭で、水崎は〈一行5ストレスリズムのブランクヴァース5行連プラス脚韻可能（=ヒロイック・カプレット）で宗祇の和歌英語訳を基本として発表した〉という。〈日本語和歌の7〈シラブルリズム〉は、英語ワカでは3〈ストレスリズム〉です、5シラブルは2ストレスに呼応します〉……日本語と英語の特徴や、それぞれの言語が生み出してきた詩歌の進行、フレーズの味わい方を熟知した人ならではの、知識と体感から導き出された英語ワカの味読の〝コツ〟。子音と母音とが結びついた、一音一音節（シラブル）進行の日本語で生み出された31音節の調べを、英語にそのまま置き換えたのでは、冗漫な印象の詩になってしまう。母音を核として組み合わせられた子音群の生み出すアクセントがフレーズや調べを作り出す英語で、和歌=ワカの楽しさ、面白さを体験するためには、どうすればよいのか。

〈日本語和歌の5―7音節リズムは既に動かせない定型であるが、英語ハイク、ワカの場合の呼応するリズム定型をどのように志向して行くかはなお今後論議を呼ぶであろう。呼んでかまわないと思う。日本の場合も、民謡のリズムとなるとかなり、地方によっても多様性を持つ。ただ、いずれにしろ、「短さ」を本命とする。日本における英語ワカ、英語ハイクの場合は、アメリカ現代詩の英語詩の自由さも導入したい〉いささか長文になったが、水崎の柔軟性や新たな展開への期待を感じさせる部分なので、引用した。水崎の音韻に敏感な資質と持ち前の探求心が見出した創作の秘訣が、今後、多言語による実作によって豊かに発展して行く事を期待したい。

水崎野里子年譜

一九四九年（昭和二十四年）　当歳
水崎（旧姓卜部）野里子は十二月三日、父卜部舜一（大正八年〜平成十六年）と母卜部万里子（大正十四年〜平成二十九年）の長女として東京で生まれた。当時父は日本国有鉄道の技術研究所に研究員として勤務していた。
一九五三年（昭和二十八年）　四歳
四月、近くの相愛幼稚園に入園。
一九五五年（昭和三十年）　六歳
三月、幼稚園を卒園、四月、武蔵野市立第三小学校に入学。算数と体育は苦手であったが、国語は得意であった。低学年のころには父が買ってくれた世界童話全集（あかね書房）などの童話を読んだ。高学年期には父は岩波少年文庫を毎月購入してくれた。自宅では父は児童文庫なるものを保存していて時々朗読してくれた。浜田廣介の「白い木こりと黒い木こり」が父の語りの中で現在でも記憶に残る。当時同居していた祖父卜部長重からも時々御伽噺を語ってもらった。花の精の話が記憶に残る。祖父によれば花には花の精がいる。
一九六〇年（昭和三十五年）　十一歳
小学校の五、六年の担任は辻田晴子先生であった。先生は頻繁に作文の授業をしてくださった。私の作文をいつも褒めてくれた。
一九六一年（昭和三十六年）　十二歳
三月、武蔵野市立第三小学校を卒業。四月に武蔵野市立第三中学校入学。秋、吉祥寺から国分寺市泉町の日本国有鉄道の官営宿舎に父母弟私の四人家族で引っ越した。転校はさせない父の方針で以降、電車通学が続くことになった。同年、旺文社の主催する全国文芸コンクールに投稿した詩「風」が中学生詩部門で全国一位、授賞式に出席。辻田先生の作文教室とこの受賞のなした意味は大きい。小さくて虚弱だった女の子は自信を持ち始め、頭をもたげることを学び始めた。
一九六一〜一九六四年（昭和三十六〜三十九年）
武蔵野市立第三中学校在学中には毎年、市が主催した読書感想文のコンクールに入賞した。小金井市長賞と武蔵野市長賞受賞、二年の時は佳作入選。

一九六五年（昭和四十年）　十六歳

東京都立西高等学校に入学。文芸部に所属した。

一九六八年（昭和四十三年）　十九歳

東京都立西高等学校卒業、早稲田大学第一文学部に入学。このころから大学闘争の時代を迎え始める。父の勧めでアテネ・フランセや日仏学院に通い以降フランス語を四年間学ぶ。夏に大学の中国語クラスで出会った学友と九州旅行。阿蘇山で雨にたたられた。

一九六九年（昭和四十四年）　二十歳

私家版の冊子詩集「ロマンス・九州旅行」を印刷。

一九七〇年（昭和四十五年）　二十一歳

教養課程を終え英米文学研究課程に進学。

一九七一年（昭和四十六年）　二十二歳

卒論にT・S・エリオットの詩劇「カクテル・パーティ」を選ぶ。早稲田大学英文学研究会に入会、「ニューフォレスト」というエッセイ誌、「らくだ」という創作同人誌を会員仲間と創刊。エッセイと創作を発表。

一九七二年（昭和四十七年）　二十三歳

早稲田大学第一文学部英米文学専攻課程卒業。英語の教職免状取得に必要な単位取得のために聴講生となり、同時に英文学研究会の例会にも参加、「ニューフォレスト」と「らくだ」にエッセイと作品を昨年に続いて発表した。このころ、英文学研究会の顧問の守谷英文科教授にコジンチェフが制作したロシア版シェイクスピア「リア王」の映画切符をいただき鑑賞。三月、中学・高校教師の資格免状のための単位取得。

一九七三年（昭和四十八年）　二十四歳

早稲田大学英米文学研究科修士課程に入学。

一九七五年（昭和五十年）　二十六歳

同修了。修論は「シェイクスピアの劇中劇について」。博士課程に進学。

一九七六年（昭和五十一年）　二十七歳

博士課程在学のまま水崎純一郎と結婚。新住所を千葉県松戸に定めた。主婦業と勉学の両立を志願。

一九七七〜一九七八年（昭和五十二〜五十三年）

昭和五十二年三月に長男を出産。九月末に夫に伴い家族で米国のボストンに移住。夫はマサチューセッツ州のボストンにあるマサチューセッツ工科大学（ＭＩＴ）リサーチ・アソシエイトとして赴任、長男を連れて夫に同伴、郊外のアパートに居を定めた。ベビー・シッター付きのＭＩＴのWives' Courseで英会話のクラスとハーバード大学大学院のシェイクスピアのゼミ（秋学期）と講義（春学期）に出席。またボストン美術館訪問や市内で上演される演劇やオペラ・ミュージカルのパーフォーマンスに積極的に出かけた。「ビートル・マニア」は帰途、ニューヨークで観劇。滞米中の旅行・現地見聞は多い。昭和五十三年十月一日に帰国、早稲田大学英米文学科博士課程に復学。リー・コールグローブ先生のゼミに復帰。

一九八一年（昭和五十六年）　三十二歳
早稲田大学英米文学研究科博士課程（後期課程とも当時呼ばれた）単位修了。四月に早稲田大学第二文学部英語非常勤講師に着任。

一九八二年（昭和五十七年）　三十三歳
五月、次男が病で入院。病院で付き添い一か月。

一九八三年（昭和五十八年）　三十四歳
三月、早稲田大学第二文学部英語非常勤講師を退職。一年間、一歳～二歳になる次男の通院に集中。

一九八四年（昭和五十九年）　三十五歳
立正大学（平成六年まで）と駒沢大学英語非常勤講師（現在に至る）に着任。

一九八五年（昭和六十年）　三十六歳
四月、和洋女子大学の英語非常勤講師に着任（二〇〇八年まで）。

一九八六年（昭和六十一年）　三十七歳
「ラ・メール」の購読者となる。十二月、クリスマス礼拝日に日本キリスト教団信濃町教会にて池田伯牧師司式により洗礼を受ける。

一九八九年（平成一年）　四十歳
東洋大学英語非常勤講師に着任（二〇〇九年まで）。

一九九二年（平成四年）　四十三歳
大井康暢主宰の詩誌「岩礁」に参加（二〇〇一年まで）。キリスト教文学集団「たねの会」（当時劇作家高堂要主宰）

に入会。ほとんど同期に高良留美子と宮本百合子研究会で出会う。高良留美子の参加する「新・フェミニズムの会」に入会。十二月、「平出修研究会」年次大会で「与謝野晶子の詩について——出産についての詩を中心に」を発表。

一九九三年（平成五年）　四十四歳
書評「ラプソディ・イン・ヨコハマについて（竹谷宏三作）」を「たね新聞」一月号（たねの会発行）に掲載。

一九九四年（平成六年）　四十五歳
江戸川女子短期大学の英語非常勤講師に着任（平成十三年まで）。詩集『鳥』（私家版　ニットー印刷所）刊行。評論集『シェイクスピア喜劇の構造』（透土社）刊行。八月、「椎名麟三を語る会」にて「椎名麟三における道化の問題」のスピーチ、於姫路文学館。「たねの会」から参加した。

一九九五年（平成七年）　四十六歳
日本キリスト教文学会にて「T・S・エリオット『カクテル・パーティ』における復活の理念と喜劇」を発表、於金城大学。

一九九六年（平成八年）　四十七歳
翻訳『現代英米詩集』（土曜美術社出版販売）刊行。十月、日本シェイクスピア学会セミナー「内と外からのシェイクスピア」に参加、於立命館大学。

一九九七年（平成九年）　四十八歳
翻訳『現代アイルランド詩集』（土曜美術社出版販売）刊行。詩集『雑踏の中で』（土曜美術社出版販売・加藤幾惠編集）刊行。「詩と思想」一九九八年十二月号にエッセイ「自由を求めて——高良留美子の世界」発表。

一九九八年（平成十年）　四十九歳
エッセイ集『シェイクスピア悲劇と女性達』（土曜美術社出版販売）刊行。『現代アイルランド詩集』（土曜美術社出版販売）刊行。日本シェイクスピア学会セミナー「日本近代文学とシェイクスピア」に参加、於立教大学。

一九九九年（平成十一年）　五十歳
翻訳『現代黒人女性詩集』（土曜美術社出版販売）刊行。「詩と思想」七月号に詩「神の道化師」、九月号にエッセイ「マイノリティの女性詩人たち——アフリカ系とアジア系を中心に」、『詩と思想詩人集』に「母のない子と子のない母と」を掲載。以降毎年『詩と思想詩人集』に参加。

二〇〇〇年（平成十二年）　五十一歳

「椎名麟三を語る会」編「自由の彼方で」第五号にエッセイ「近頃見た二つの芝居について――「第三の証言」と「銃剣と収容の舞」」掲載。

二〇〇一年（平成十三年）　五十二歳

詩集『イルカに乗った少年』（沖積舎）刊行。出版記念会を開催して下さった。『対訳日英現代詩アンソロジー　ドーナツの穴』（土曜美術社出版販売）刊行。千葉県詩人クラブに入会。

二〇〇二年（平成十四年）　五十三歳

日本詩人クラブ入会。「嶺」「光芒」、高良留美子の紹介で「潮流詩派」入会。日本詩人クラブ例会でスピーチと詩朗読、詩は「俺は殺す」と「私は小町」。懇親会で五喜田正巳から「裸人」と短歌誌「麦」に勧誘を受け入会、発表開始。日本詩人クラブ発行「詩界」二四一号にエッセイ「アジア系アメリカ人の詩」を掲載。

二〇〇三年（平成十五年）　五十四歳

「嶺」に発表開始。「漪」一五号にエッセイ「女よもっと台所詩を書け」、詩「帰らざる河」、「あなたは風」を掲載。「地球」一三三号に詩「野生のエルザ」を掲載。詩集『アジアの風』（土曜美術社出版販売）刊行。翻訳『現代アメリカアジア系詩集』（土曜美術社出版販売）刊行。「裸人」一三号に金子秀夫による拙詩集『アジアの風』の書評が掲載。共訳「日本・ネパール合同詩集　花束Ⅱ」（ナマステ会編集発行）に英語翻訳で参加、詩は「おばあちゃんの思い出」、「遠い声」を寄稿。

二〇〇四年（平成十六年）　五十五歳

「詩と思想」八月号にエッセイ「サンチョ・パンサの帰郷――鳴海英吉と石原吉郎のシベリア」を掲載。「コールサック」誌には何号か鳴海英吉の英訳を掲載。「詩と創造」にシェイマス・ヒーニーの翻訳エッセイを開始。POETRY NIPPONに入会。「詩と思想」十二月号にエッセイ「韓国服の韓国詩人――金光圭講演『すばやい時代の鈍い詩』報告」を掲載。「柵」にチベット詩人ホートサング・ジグメの自伝翻訳「青い空の下で」の発表開始。以降毎月「柵」に詩とエッセイを寄稿。「裸人」に百人一首の英訳を開始。「コールサック」に発表開始。

二〇〇五年（平成十七年）　五十六歳

詩集『二十歳の詩集』（文庫版、知加書房）刊行。詩集『あなたと夜』（文庫版、竹林館）刊行。詩集『俺はハヤト』（土曜美術社出版販売）刊行。エッセイ文庫『英米の詩・日本の詩』（土曜美術社出版販売）刊行。「新・現代詩」夏号に五行詩連作二篇掲載。以降終刊まで寄稿を続けた。ロサンゼルスでの国際詩人大会に参加。朗読詩は「ひまわりのオード」（英語版）、会場からの反響に驚いた。フィリピン系アメリカ詩人エルマ・フォーティカム（イリノイ州在住）と出会う。「日本アイルランド協会会報」第五九号に佐藤亨著『異邦のふるさと「アイルランド」国境を越えて』の書評『「故郷喪失」と「ふるさとハンティング」』を掲載。日本アイルランド協会会誌「エール」第二五号にエッセイ「イーヴァン・ホーランドと詩集 Against Love Story」掲載。「日本文芸家協会ニュース」に会員通信「花のコルドバ」掲載。

二〇〇六年（平成十八年）　五十七歳

短歌集『長き夜』（LP書房）刊行。エルマ・フォーティカム編集 *POEMS OF THE WORLD* に詩 ODE TO THE SUNFLOWER 掲載、以降同人を続ける。

二〇〇七年（平成十九年）　五十八歳

英語アンソロジー *Poems of War and Peace — Voices from Contemporary Japanese Poets*（竹林館）刊行。参加者は郡山直、伊原五郎、川端律子、木村淳子、水崎野里子、岡隆夫、多喜百合子他。共訳英語版『原爆詩一八一人集』（コールサック社）刊行。高良留美子の好意により「千年紀文学」六六号にヨシフ・アル・サイフ「イラクの夕暮」を掲載。

二〇〇八年（平成二十年）　五十九歳

エッセイ集『多元文化の実践詩考』（コールサック社）刊行。アイルランド年次大会にて「農民詩として読むシェイマス・ヒーニー」発表、於大阪経済大学。

二〇〇九年（平成二十一年）　六十歳

「詩人会議」一七号に翻訳エッセイ「イラクの現代詩」を掲載。「時調（三行詩）」第一〇集（時調の会編集）入会。

二〇一〇年（平成二十二年）　六十一歳

詩集『ゴヤの絵の前で』（コールサック社）刊行。翻訳『現代世界アジア詩集』（土曜美術社出版販売）刊行。日本現代詩人アンソロジー、日英スペイン語対訳『虹の架け橋』（共訳、北溟社）刊行。「神戸新聞」に鈴木漠氏による『虹の架け橋』の書評掲載。

二〇一一年（平成二十三年）　六十二歳

日英対訳詩歌集『百葉集』（竹林館、左子真由美と水崎野里子共同編集）刊行。エッセイ集『流動する今日の世界の中で日本の詩とは　二〇〇九―二〇一一』（詩画工房）刊行。デイビィッド・クリーガー原作・水崎野里子訳、バイリンガル平和詩集『神の涙―広島・長崎原爆　国境を越えて』（コールサック社）刊行。七月、国際桂冠詩人協会・世界詩人会議ラリッサ、ギリシア大会に参加。ギリシア会長デメトリアス・クラノティスからメールで招待を受けた。旧知。ギリシア大会で朗読した詩は「ポセイドンに捧げる」（英語版）、ラリッサの旧劇場遺跡のそばの公園空き地での朗読。東北の津波被害を訴えた。ギリシア大会も経済ストライキの最中の大会であった。日本イェイツ協会第四七回大会にて「マイケル・ロングリー『雪水』に見るやさしい自然の表裏・共生と葛藤」発表、於江戸川大学。

二〇一二年（平成二十四年）　六十三歳

詩集『二つの島へ――ハワイと沖縄』（土曜美術社出版販売）刊行。日英対訳『英米女性五人詩集』（竹林館）刊行。七月、ブカレスト・ルーマニア国際詩祭に参加。英語版朗読詩「恋歌」、「私の河」。九月、D・H・ロレンスの蛇の詩に導かれイタリアへ夫に同伴、エトナ山とシシリー島へ。秋、隠岐の島短歌会に参加、後鳥羽院和歌大賞受賞。隠岐の島ツアーに参加。

二〇一三年（平成二十五年）　六十四歳

水崎野里子歌集『恋歌』（竹林館）刊行。ベトナム詩人レ・パム・レ原作『荒波を超えて』、英語訳ナンシー・アーブスノット、日本語訳水崎野里子（竹林館）刊行。

二〇一四年（平成二十六年）　六十五歳

三月、世界詩人会議大阪大会開催、大阪大会会長任

務。世界詩人会議桂冠詩人《ポエト・ローリエット》女性文学者賞受賞。世界各国からの参加者百五十名。半数以上が海外詩人。十一月、詩集『嵐が丘より』（土曜美術社出版販売）刊行。

二〇一五年（平成二十七年）　六十六歳

「詩人会議」三月号に佐々木洋一氏による『嵐が丘より』書評掲載。共著『ディラン・トマス　海のように歌ったウェールズの詩人』（彩流社）刊行。水崎野里子主宰のバイリンガル誌「パンドラ」の企画・編集開始。四月、「柵」に復帰、第三次七号にエッセイ「ひっくり返しの海外交流――愛と平和とマイノリティとアジアとニッポン」を掲載、日本詩人クラブ編『日本現代詩選』第三七集に「東大寺サクラ雨」発表。「PO」に「世界の詩人たち」連載を開始。『詩と思想詩人集』に二つ折短歌「わがうたななつ」（＝十四行・ソネット）を掲載。「パンドラⅠ」発刊。十一月に東京ペンクラブ一室で「パンドラ　詩とリーディングの会」開催。

二〇一六年（平成二十八年）　六十七歳

「千年樹」六八号、詩発表開始。産経新聞に短歌「富士の歌」五首発表。詩集『火祭り』（竹林館）刊行。『花美術館』四六巻、与謝野晶子特集にて短歌「長き夜」が渡辺道子による選評により掲載。以降掲載を続ける。十月、日中韓三都市市長会議BESETO東京美術展にて「平和文化功労賞」受賞、於日中友好会館（企画・美術の杜出版社）。十一月、第二四回世界詩人会議カリフォルニア大会に参加、世界詩人会議優秀詩人賞受賞。

二〇一七年（平成二十九年）　六十八歳

「パンドラⅡ」（ブックウエイ）刊行。水崎野里子エッセイ集『詩と文学の未来へ向けて』（土曜美術社出版販売）刊行。詩集『新梁塵秘抄』（土曜美術社出版販売）刊行。九月、同詩集に所収の詩「ヒロシマの折り鶴」で松本市芸術文化祭実行委員会会長賞受賞。十二月、アメリカの詩人・平和活動家のデイビィッド・クリーガーから氏の主宰する財団「核廃絶平和基金」がICANを形成する一組織として二〇一八年度ノーベル平和賞を受賞したとの連絡を受けた。私はホームページと『現代世界アジア詩集』、『神の涙―広島・長崎原爆　国境を越えて』でクリーガー氏の原作英語版の詩を日本語への翻訳と共に掲載している。

二〇一八年（平成三十年）　六十九歳

「詩と思想」一・二月合併号に詩「あなたは……？」掲載。「詩人会議」五月号に松田研之氏による『新梁塵秘抄』の書評掲載。

新・日本現代詩文庫138　水《み》崎《ずさき》野《の》里《り》子《こ》詩集

発行　二〇一八年十月二十五日　初版

著者　水崎野里子
装幀　森本良成
発行者　高木祐子
発行所　土曜美術社出版販売
〒162-0813　東京都新宿区東五軒町三—一〇
電話　〇三—五二二九—〇七三〇
ＦＡＸ　〇三—五二二九—〇七三二
振替　〇〇一六〇—九—七五六九〇九
印刷・製本　モリモト印刷

ISBN978-4-8120-2461-4　C0192

新・日本現代詩文庫

土曜美術社出版販売

- ⑩⑨ 郷原宏詩集　解説 荒川洋治
- ⑪⓪ 永井ますみ詩集　解説 有馬敲・石橋美紀
- ⑪① 阿部堅磐詩集　解説 里中智沙・中村不二夫
- ⑪② 新編石原武詩集　解説 秋谷豊・中村不二夫
- ⑪③ 長島三芳詩集　解説 平林敏彦・禿慶子
- ⑪④ 柏木恵美子詩集　解説 高山利三郎・比留間一成
- ⑪⑤ 近江正人詩集　解説 高橋英司・万里小路譲
- ⑪⑥ 名古きよえ詩集　解説 中原道夫・中村不二夫
- ⑪⑦ 新編石川逸子詩集　解説 小松弘愛・佐川亜紀
- ⑪⑧ 佐藤真里子詩集　解説 小笠原茂介
- ⑪⑨ 河井洋詩集　解説 古賀博文・永井ますみ
- ⑫⓪ 戸井みちお詩集　解説 高田太郎・野澤俊雄
- ⑫① 金堀則夫詩集　解説 小野十三郎・倉橋健一
- ⑫② 三好豊一郎詩集　解説 宮崎真素美・原田道子
- ⑫③ 古屋久昭詩集　解説 北畑光男・中村不二夫
- ⑫④ 佐藤正子詩集　解説 篠原憲二・佐藤夕子
- ⑫⑤ 川端進詩集　解説 中上哲夫・北川朱実
- ⑫⑥ 桜井滋人詩集　解説 竹川弘太郎・桜井道子
- ⑫⑦ 葵生川玲詩集　解説 みもとけいこ・北村真
- ⑫⑧ 今泉協子詩集　解説 油本達夫・柴田千晶
- ⑫⑨ 柳内やすこ詩集　解説 伊藤桂一・以倉紘平
- ⑬⓪ 新編甲田四郎詩集　解説 川島洋・佐川亜紀
- ⑬① 大貫喜也詩集　解説 石原武・若宮明彦
- ⑬② 今井文世詩集　解説 花潜幸・原かずみ
- ⑬③ 中山直子詩集　解説 鈴木亨・以倉紘平
- ⑬④ 林嗣夫詩集　解説 鈴木比佐雄・小松弘愛
- ⑬⑤ 柳生じゅん子詩集　解説 山田かん・土田晶子・福原恒雄
- ⑬⑥ 原圭治詩集　解説 市川宏三・長居煎
- ⑬⑦ 森田進詩集　解説 川中子義勝・佐川亜紀・中村不二夫
- ⑬⑧ 水崎野里子詩集　解説 ワシオ・トシヒコ・青木由弥子
- ⑬⑨ 比留間美代子詩集　解説 中原道夫・川中子義勝・中村不二夫
- ⑭⓪ 内藤喜美子詩集　解説 高橋次夫・中村不二夫

〈以下続刊〉

- ① 中原道夫詩集
- ② 坂本明子詩集
- ③ 高橋英司詩集
- ④ 前原正治詩集
- ⑤ 三田洋詩集
- ⑥ 本多寿詩集
- ⑦ 小島禄琅詩集
- ⑧ 新編菊田守詩集
- ⑨ 出海溪也詩集
- ⑩ 柴崎聰詩集
- ⑪ 相馬大詩集
- ⑫ 桜井哲夫詩集
- ⑬ 新編島田陽子詩集
- ⑭ 新編真壁仁詩集
- ⑮ 南邦和詩集
- ⑯ 星雅彦詩集
- ⑰ 井之川巨詩集
- ⑱ 新々木島始詩集
- ⑲ 小川アンナ詩集
- ⑳ 新編井口克己詩集
- ㉑ 新編滝口雅子詩集
- ㉒ 谷　敬詩集
- ㉓ 福井久子詩集
- ㉔ 森ちふく詩集
- ㉕ しま・ようこ詩集
- ㉖ 腰原哲朗詩集
- ㉗ 金光洋一郎詩集
- ㉘ 松田幸雄詩集
- ㉙ 谷口謙詩集
- ㉚ 和田文雄詩集
- ㉛ 新編高田敏子詩集
- ㉜ 皆木信昭詩集
- ㉝ 千葉龍詩集
- ㉞ 新編佐久間隆史詩集
- ㉟ 長津功三良詩集
- ㊱ 鈴木亨詩集
- ㊲ 埋田昇二詩集
- ㊳ 川村慶子詩集
- ㊴ 新編大井康暢詩集
- ㊵ 米田栄作詩集
- ㊶ 池田瑛子詩集
- ㊷ 遠藤恒吉詩集
- ㊸ 五喜田正巳詩集
- ㊹ 森常治詩集
- ㊺ 和田英子詩集
- ㊻ 伊勢田史郎詩集
- ㊼ 鈴木満詩集
- ㊽ 曽根ヨシ詩集
- ㊾ 成田敦詩集
- ㊿ ワシオ・トシヒコ詩集
- (51) 高田太郎詩集
- (52) 大塚欽一詩集
- (53) 香川紘子詩集
- (54) 井元霧彦詩集
- (55) 高橋次夫詩集
- (56) 上手宰詩集
- (57) 網谷厚子詩集
- (58) 門田照子詩集
- (59) 水野ひかる詩集
- (60) 丸本明子詩集
- (61) 村永美和子詩集
- (62) 藤坂信子詩集
- (63) 門林岩雄詩集
- (64) 新編原民喜詩集
- (65) 新編濱口國雄詩集
- (66) 日塔聰詩集
- (67) 武田弘子詩集
- (68) 大石規子詩集
- (69) 吉川仁詩集
- (70) 尾世川正明詩集
- (71) 岡隆夫詩集
- (72) 野仲美弥子詩集
- (73) 葛西洌詩集
- (74) 只松千恵子詩集
- (75) 鈴木哲雄詩集
- (76) 桜井さざえ詩集
- (77) 森野満之詩集
- (78) 坂本つや子詩集
- (79) 川原よしひさ詩集
- (80) 前田新詩集
- (81) 石黒忠詩集
- (82) 壺阪輝代詩集
- (83) 若山紀子詩集
- (84) 香山雅代詩集
- (85) 古田豊治詩集
- (86) 福原恒雄詩集
- (87) 黛元男詩集
- (88) 山下静男詩集
- (89) 赤松徳治詩集
- (90) 梶原禮之詩集
- (91) 前川幸雄詩集
- (92) なべくらますみ詩集
- (93) 津金充詩集
- (94) 中村泰三詩集
- (95) 和田攻詩集
- (96) 藤井雅人詩集
- (97) 馬場晴世詩集
- (98) 鈴木孝詩集
- (99) 久宗睦子詩集
- (100) 水野るり子詩集
- (101) 岡三沙子詩集
- (102) 星野元一詩集
- (103) 清水茂詩集
- (104) 山本美代子詩集
- (105) 武西良和詩集
- (106) 竹川弘太郎詩集
- (107) 酒井力詩集
- (108) 一色真理詩集

◆定価（本体1400円＋税）